我
孙 \ 与
犁

WO
YU
SUNLI

忆前瞻孙犁

宋曙光 著

天津出版传媒集团
天津人民出版社

图书在版编目(CIP)数据

忆前辈孙犁 / 宋曙光著. —— 天津：天津人民出版
社, 2022.7
(我与孙犁)
ISBN 978-7-201-18582-8

Ⅰ. ①忆… Ⅱ. ①宋… Ⅲ. ①回忆录—作品集—中国
—当代 Ⅳ. ①I251

中国版本图书馆 CIP 数据核字(2022)第 103784 号

忆前辈孙犁
YI QIANBEI SUNLI

出　　版	天津人民出版社	
出 版 人	刘　庆	
地　　址	天津市和平区西康路35号康岳大厦	
邮政编码	300051	
电子信箱	reader@tjrmcbs.com	

策划编辑	宋曙光　张素梅	
责任编辑	岳　勇	
装帧设计	汤　磊	
封面题签	赵红岩	

印　　刷	天津新华印务有限公司	
经　　销	新华书店	
开　　本	880毫米×1230毫米　1/32	
印　　张	6	
插　　页	1	
字　　数	70千字	
版次印次	2022年7月第1版　2022年7月第1次印刷	
定　　价	42.00元	

总　序

宋曙光

　　几乎有将近一年时间,我内心一直埋藏着一个心愿。说是心愿,是因为不知道能否实现,所以一直存放在心里,有时会突然涌上心头,暖暖地让我一阵激动。去年夏天,孙犁先生逝世的第十九个年头,这个心愿竟有些按捺不住了,无时无刻不在搅扰我的心绪,像是在催化这个心愿能够早一天实现。

　　孙犁先生作为《天津日报》的创办者之一、党报文艺副刊的早期耕耘者,无疑是我们的一面旗帜。在新中国文学史上,孙犁以他独具风格、魅力恒久的文学作品占有重要地位。他在文学创作、文艺理论、报纸副刊等方面,均有丰厚建树。在孙犁病逝后的转年,也即2003年1月,天津日报报业集团为孙犁建成的汉白玉半身塑像,便矗立在天津日报社大厦前广场,

铭文寄托了全体报人的共同心声:

> 文学大师,杰出报人,卓越编辑。任何人只要拥有其中一项桂冠就堪称大家。但孙犁完全超越了这些。这种超越还在于他人格的力量。八册文集,十种散文。从《荷花淀》到《曲终集》,孙犁的笔力在于他以平静的文字和故事,展现的是一个民族、一个政党、一个作家在残酷战争岁月的良知和良心;孙犁的心力在于他以冷静的笔墨和感情,记述的是一个民族、一个政党、一个作家在荒唐动乱年代的感觉和感悟。所有这些都奠定了孙犁作为文学大师的不朽地位……

痛失共经风雨的老编委、老顾问、老前辈,的确是一份无法承受的沉痛。二十年前那个飘雨的送别之日,每一位吊唁者都嗅到了荷花的清芬。夏雨中,无限的哀思被打湿、融化,沁入此后绵绵难舍的日月之河……孙犁先生离去之后,我常常与他的书籍为伴,这是逝者留下的唯一财富。打开它们就一定能有所收获,在纷扰的尘世中,每一次阅读都会有新的感知,有时竟读出了一种心静、释怀、豁然,不愿与浊流同污,不弃初志地向往纯真与高洁,有时还会沉浸到年轻时默诵的诸多名篇的意蕴之中……似乎孙犁仍旧陪伴着我们,感觉不到岁月在流逝。

孙犁先生去世后的这二十年间,有关孙犁著述的各种版本,仍在不断地出版发行,多达二百余种。喜欢孙犁的读者会发现,这些作品常读常新,没有受到时代的局限,文学的力量依然直抵人心,陶冶和净化着人们的心灵。孙犁没有离去,仍在自己的作品中活着,而活在作品里的作家终究是不朽的。

从2010年至2017年,在我主持《天津日报》文艺副刊工作的那些年,每到孙犁先生的忌日,我仍然会在版面上组织刊发怀念文章。延续这一做法的目的,就是为了宣传孙犁、纪念孙犁、传承孙犁,而且不惜版面地推出专栏、专版,也是为了日后能够保留下来一批翔实而有分量的作品,为孙犁研究提供具有学术价值的重要文献。这其中还有一个原因,那就是在我有了行政职务之后,也仍然身兼"文艺周刊"编辑工作,不计分管的版面有多少、日常工作量有多大,也一直没有脱离编辑一线,有了好的想法、创意就尽快落实,在版面上策划的有关孙犁的重点篇章,经常是亲力亲为。同时,对于一些带有偏颇或有损作家形象,甚至失实的文章,都被我们无一例外地拦住了,这是《天津日报》文艺副刊应有的职责与担当。那些存有较大疑点，或是内容待考、硬伤明显的稿件，宁可不发，也不能任其谬误传播，造成不良后果。所有这些，今天想起来，仍觉得这种认真是值得的，对得起我肩头曾经的这份责任。

孙犁先生去世二十周年，是一个重要的时间节点，应该编出一部重头的、具有纪念意义的大书。早在孙犁百年诞辰期间，我就萌生了想编一部纪念合集的想法，并已经做好了前期准备，但因为时间和精力的缘故，最终未能如愿。这个遗憾埋在心里，慢慢地便转化成为心愿，那就是等待和寻找适宜的时机，编纂一部真正高水准的书籍。

2022年是孙犁离世二十周年，就是一个极好的契机。这部书或许是一本、一套？经过反复构思、设想、完善，终于有一天，这个孕育已久的优质胚胎，逐渐地现出了雏形。它似乎应该是成套装、多人集，还应该是那种秀气的异形本，淡雅、清新、韵致、温馨、耐读……

当这个构想逐日接近成熟，便需要考虑哪家出版社能与这个创意相契合。而在此之前，必须先期约定好几位作家，首要条件是他们都要与孙犁有过交往、自己有相关著述，并且认真而严谨地对待文字。其次，他们与《天津日报》文艺副刊有着亲密联系，属于老朋友。这些，都是入选条件。我在自拟的名单上慎重而审慎地圈出四位作家，然后与他们逐一作了沟通。我预感他们一定会真心地考虑，并同意和支持我的倡议，这里面当然包含他们对孙犁的景仰。果真如此，当他们听到我真诚的邀约，不仅一致表示看好这个选题，而且在现时出版极为困难的境况下，他们都有着非常乐观的预期。

我想这套书理应留在天津，便去找了天津人民出版社。那座熟悉的出版大楼里有多家出版社，以前也曾有过很多朋友，但这次我却选择去了天津人民出版社。将同几位作家说过的话，又极其认真地复述了一遍。我认为说得不错，重点突出，还带有明显的个人感情。前后不过几十分钟，出版社编辑完全听进去了我的推介，承诺一定会慎重地研究这个选题。早在1957年1月，天津人民出版社便出版了孙犁的《铁木前传》，这是这部中篇小说最早的一个版本。此次他们将再续前缘，牢牢地把握住这次难得的机缘，当选题顺利批复的那一刻，足以证明他们的眼光和魄力。这套丛书不可否认地将会成为近二十年来，孙犁研究领域的最新成果，当令文坛所瞩目。

我跟几位作家通报信息时说，这套纪念孙犁的书籍倘能如愿出版，我的辛苦是次要的，首功应该记在天津人民出版社身上，是他们的视野和胆识、气度与格局，成就了这套书。他们以精细的市场调研、论证，高度认可了这个选题的原创性和独创性，将在孙犁先生去世二十周年之际，出版一套由五位作者联袂完成的怀念文集，为孙犁先生敬献上一束别致的心香。

这五位作者和他们的著作分别为冉淮舟的《欣慰的回顾》、谢大光的《孙犁教我当编辑》、肖复兴的《清风犁破三千纸》、卫建民的《耕堂闻见集》和我的《忆前辈孙犁》。我之所以向天津人民出版社推荐这几位作者，盖因他们都与孙犁有过几十年交谊，通过信件、编过书籍，在各自的领域里深读孙犁，成就显著。还因为我们之间相互信任，自1979年1月"文艺周刊"复刊后的这几十年，历任编辑辛勤耕耘，被他们认为是最好的继承。我书中"文艺周刊"这部分内容，就是想通过与老作家们的稿件来往，写出孙犁对这块园地产生的巨大影响，为孙犁后"文艺周刊"时期的研究提供最新史料，也为学者早前提出的"'文艺周刊'现象"提供更多佐证。可以说，这五本书都试图以各自独有的洞见，写出与众不同的孙犁、永远写不尽的孙犁，其情至真，其心至诚，其爱至深。

巧合的是，我们这五个人都曾有过编辑工作经历。他们几位更是熟稔编辑业务，对待文字有着超乎寻常的热爱、执着和认真，在整理作品、遴选篇目、编排顺序、采用图片等环节，他们的严谨、慎重给我留下很深的印象。还必须强调一点，那就是这套书均采用散文笔法，较之那些高深的理论文章，更适合于读者阅读与品味,因为书中写的是人,是生活中的孙犁,有着亲切的现场感。此外,在我们的写作经历中,多数人还没有单独出版过有关孙犁的书籍,这是第一次。而像这样的合作形式别无仅有,几本书讲述的虽是同一个作家,但又绝不雷同,反倒因为作者不同的身份和经历,相互印证,互为弥补,使书的内容更显丰满与多彩。

若说策划这样一套书,算得上是一个工程,几本书的体量还在其次,关键是要集齐书稿并使它们融合为一个整体,在内容及体例上趋于一致。在只有几个月的时间里,我们需要一起努力地往前赶,有人需要查找旧作、增添新篇,还有的需要重新校改原稿,表现得极为认真。

那些日子,我天天在电脑前忙到很晚,但心情却是愉快的。全部书稿都是先阅看一遍后,再传到出版社编辑的邮箱,尽管有时已近半夜,但我不想在时间上造成延误,而我们这些合作者,都是按时、按要求交稿,从未拖延。这使得我和这些作家朋友,有了更多默契与话题,他们都曾是我在《天津日报》文艺副刊工作时结交的重要作者,与我们的版面保持着多年联系,也因为这块副刊园地,曾是孙犁先生当年躬耕过的苗圃,让他们感受到无尽的暖意。

在成书的最后阶段,天津人民出版社将丛书名定为"我与孙犁"。由此丛书名统领，我们这五个人笔下的孙犁，展现出了一幅较为全景式的孙犁全貌，这一形式之前还不曾有人做到。由此，我想到孙犁晚年"十本小书"最后一本《曲终集》，在书的后记中，孙犁曾引诗曰："曲终人不见，江上数峰青。"时在1995年，距今已有二十七年，其寓意可谓深矣：往事如云情不尽，荷香深处曲未终。

这五部书稿，原都有各自的序言或后记，但承蒙朋友建议、出版社要求，需要有一篇统摄全书的总序，我推脱不掉，只好勉为其难，谨将我们这套丛书形成的起始动因，作了如上说明。读者朋友在阅读书籍时或可作为参考，并请不吝指教。

特别感激几位作家朋友的倾情襄助，像这样真诚的文字交往并不多见，联袂出书这种形式更是难得。同时感谢天津人民出版社的鼎力支持，是他们帮助我——我们一起实现了这个心愿：在孙犁先生去世二十周年忌辰，我们齐心携手，各自以一本浓情的小书，共同敬献给孙犁先生，告知后辈的心语、已经传世的作品、一年比一年情深的荷花淀水……

2022年3月22日初成

2022年5月29日定稿

目　录

志吗？我是新调到文艺组工作的。报社发了两份干部履历表,请您填写。"

那个时期,单位里经常会发一些表格,让职工填写,已经习惯了。孙犁一边接过履历表,一边让我进屋坐坐。因为是第一次见面,我只是在屋里与老人说了几句客套话就告辞了。

回到编辑部,我开始有意识地了解一些有关孙犁的情况,并读了他的成名作《荷花淀》,以后又随发随看地读了他发表的几乎全部新作。我发现,文艺组里的老编辑,对孙犁都是很敬重的,在工作中,只要一提到孙犁,大家总是显出很兴奋的样子。我那时年轻,还不到二十岁吧,孙犁留给我的印象,连同他那独居的寓所,都有一种较为简朴的感觉,言谈举止,更像是一位和蔼的老人。

在我的记忆里,自从我调到文艺组,孙犁就没有到编辑部来过,他家里也没有电话,有事需要联系,不是他托人捎话,就是我们到他家里去。每次见面,孙犁都要问起编辑部的情况,老人知道我喜欢写诗,就经常鼓励我多写多练,一见面就问,最近又写诗了吗?有时我写了新作,就拿去给老人看,请他提些意见。在我写作的初期,孙犁给过我热情的勉励。至今,我还珍藏着1978年孙犁为我的诗稿亲笔写的阅稿意见。

在孙犁家中,我看到过他在冬天戴着套袖,和保姆一起忙活煤球炉子;他在早餐时,喝着稀粥,桌上摆着一些佐餐的小菜。而更多的时候,是我看到他坐在窗下的写字台前伏案写作的情景。老人是勤奋的,我只是看到过他白天写作,我想象老人在夜晚也是工作的,因为我记得孙犁经常失眠,这可能与他常年在夜间写作有关。

1979年1月4日,"文艺周刊"复刊,我为此写了一条复刊的消息,同时刊登在复刊的第一期版面和《天津文艺》上。复刊前的一些准备工作,都曾征得孙犁的同意。特别是请回了已经从工厂退休的老编辑李牧歌,以便重新联系和集结起新老作者队伍,使"文艺周刊"继承原有的优良传统。与李牧歌先后返回报社的,还有她的丈夫邹明。这一决定,也是孙犁亲自提出的。调回邹明,是为了让他负责编辑于1979年底创刊的《文艺(增刊)》(后改为双月刊)。从这个人事调动上,也可以看出,孙犁对"文艺周刊"和作为"文艺周刊"一部分的《文艺(增刊)》,是备加关注的,尤其是在编辑人选上,他是有权亲自定夺的。

对于副刊工作,邹明夫妇是一对难得的好编辑,他们时常会为工作而争吵,我曾见过多次,邹明大声地说话,嘴里还常常重复着"孙犁同志说了",这都是在工作上,对于稿件的不同意见。

1980年9月，"荷花淀派"作品研讨会在河北省石家庄召开。孙犁因身体等原因不能赴会，由邹明和我结伴前往。出发那天，我们在火车站见到了鲍昌，在会议上，又见到了李克明。这次研讨会很具规模，在石家庄，几乎聚齐了所有孙犁作品的研究者和师承孙犁的一批中年作家。这是"十年浩劫"之后，京、津、冀地区作家的一次聚会。到会的刘绍棠、从维熙、韩映山以及铁凝等人，与邹明、鲍昌很熟，那相聚的场面，有一种劫后余生的感觉。会议期间的每个夜晚，他们都要在房间里聊至深夜，直至会议结束。这种友情，源自《天津日报·文艺周刊》，源自文学前辈孙犁。编辑与作家，能够达到如此境界，在新中国报纸副刊史上，也要堪称奇迹了。

返津后，我和邹明一起到孙犁家中，向他详细汇报了这次研讨会的情况。孙犁虽然未能赴会，但他是很关心这次会议的，出发前，对我们是有所交代的。听完汇报，孙犁还问起都有哪些作家到会，特别是问了刘绍棠等人的情况，话语间，老人流露出深深的怀念之情。

正是有了孙犁的支持，加上编辑们的努力工作，"文艺周刊"复刊后，仍然保持和发扬了以往的优良传统；而《文艺（增刊）》，则成为现实主义文学的一块阵地，曾得到丁玲、舒群等国内著名作家的关注和厚爱。我最初编辑"文艺周刊"时，是负责诗歌稿件。我把自己想约一些大诗人作品的想法,告诉给孙犁,希望能得到老人的支持。孙犁听了我的设想,每次都表示赞同,还主动代我撰写约稿信。1979年5月12日,我在向田间约稿时,孙犁就将他写给田间和曼晴的两封信交给我,嘱我一并寄去。田间收到信后,很快就寄来了诗稿,并请我代他向孙犁问好。那天,我拿着田间的惠诗,几乎是一路小跑地去见孙犁,高兴地请老人看了田间的信,还请老人帮助辨认了诗稿中的几个字(田间写诗多用毛笔,字迹难免潦草)。孙犁不仅当场阅读了田间为"文艺周刊"写的诗,还叮嘱我给田间回信时,也替他再致问候。孙犁对晋察冀时期的老诗人,是怀有深深的战友情义的,我后来得知,孙犁在《服装的故事》里写到的那个送给他一件日本军用皮大衣的人,就是田间(后在怀念田间的文章中,再次提到)。这样的诗人,还包括红杨树(魏巍)和曼晴。

在我眼里,孙犁既是编辑,又是作家,在这两方面,他都是颇有建树的大家。孙犁的小说、散文和读书记,都表现出很高的艺术造诣,在许多研究者和评论家都对他的作品发生兴趣的同时,孙犁却抽暇读了那么多的青年作家的作品,这从他逐渐增多的读作品记中就可看出,孙犁对当代文坛的关注,是全方位的。有些作家公开宣称,从来不读别人的作品。孙犁不是这样,他不厌其烦地给青年作者写信,谈读过他们作品后的感想,试想,倘处于摸索和成长时期的青年作者,能够得到一位作家热切而诚恳的指点,不是会受益终生的吗?

青年女作家铁凝的小说《灶火的故事》,就是由孙犁转给《文艺(增刊)》的,并在1980年第3期上发表,经《小说月报》转载后,在文坛上引发了一场争论。孙犁在给铁凝的信函中,谈到这篇小说时,给予了肯定,这对铁凝以后的创作,起到了至关重要的作用。此外,孙犁还与贾平凹、佳峻和李贯通等人有过信件往来。1981年4月30日,青年作家贾平凹,在"文艺周刊"上发表了一篇散文《一棵小桃树》。孙犁读后,立即提笔写了一篇推荐文章,发表在《人民日报》上。之后,两人通信不断。当年,贾平凹的《一棵小桃树》,是写在一种横格信纸上,字迹工整。前两年,这篇散文还被收进中学语文课本,文后注明:选自《天津日报》。

蒙古族青年作家佳峻,在与孙犁通信的同时,连续在"文艺周刊"上发表了多篇小说,我后来读到孙犁的《谈作家的立命修身之道》,就是写给佳峻的。1985年初,佳峻写了一篇小说《园丁》。读过作品之后,我打电话给佳峻说,我准备写一篇读后记。佳峻笑着婉拒,说除了孙犁,还没有人为我写过评论,还是不要写了吧。随后,我便去了北京。在佳峻简朴的单元房里,我们两人聊了一个晚上。回来后,我写了一篇读后感,想了想,便拿去给孙犁看,请老人帮我把握一下。转天,孙犁托人将稿子带给我,并附了一张小条,说稿子已经看过,很好,只改动了一个字。翻开稿纸,我立刻发现,孙犁用钢笔,在原稿上改动了一个词,使原先的那句话,更为准确。发稿前,我把稿子拿给文艺部副主任温超藩看,他说:"还没听说孙犁给谁改过稿子,你这是第一次吧。"

20世纪80年代中期,有一次,在孙犁家里,无意中,老人说起现在理发遇到了难题,原先有一个走街串巷的剃头人,很久没有来了。我立即自告奋勇地说,我来给您理发吧。孙犁听后哈哈大笑,他说:"小宋,你还会理发?"孙犁平时很少出门,去理发店理发,老人觉得不方便。

以后,每过一两个月,孙犁就会托人带话或捎信,让我去家里给他理发。字条上常是这样一句话:小宋,有时间请来给我理理发吧。理发时,我们会很随便地聊一会儿天。理完了,孙犁就抢先拿起扫帚,扫地上的头发茬儿,我怎么说让我来扫,他都执意不肯。临走时,孙犁总要从书架上,挑一些诗集送给我。在理发时,我和孙犁谈到最多的,还是编辑和写作的问题,这是很好的学习机会。老人尤其关心我的写作和工作情况,老人曾经应约为我和文艺部编辑孙淑英,开列过一个读书目录。老人总说，一定要坚持多写东西，多读书，这对于干好编辑工作，是会有所帮助的。

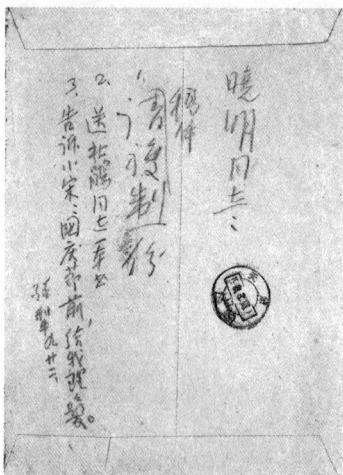

1984年9月22日，孙犁写给作者来家理发的字条

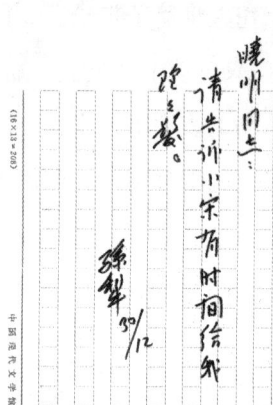

1984年12月30日，孙犁写给作者来家理发的字条

　　大概是出身编辑的缘故，孙犁读了那样多的在全国有影响的青年作家的作品，可能也是出于一种编辑的职责。面对寄来的稿件，孙犁不能拒绝青年人的热情，尽管年事已高，但还是在天气好的时候，心情好的时候，捧读那些作品，干起自己的老本行。也许正是进入晚年，孙犁对作品的理解和阐释非常精深，使青年作家的创作走向成熟。那些青年作家，在寄作品给孙犁的时候，是将他看作作家的，而忽略了孙犁还是一

位直到晚年仍在做着编辑工作的编辑大家。

孙犁具有很高的编辑素质和副刊编辑的丰富经验,他的文学修养和对刊物、读者负责的精神,是他成为编辑大家的重要原因。可惜,这样的好编辑后继之人不是很多。像鲁迅、茅盾、叶圣陶、巴金、郑振铎等杰出的作家、编辑家,他们留给后辈的,不仅仅是一些作品和编辑理论,而且还留下了做人的道德标准,这使得他们在中国现当代文坛上,成为不朽的文学巨匠。

我一直认为,孙犁的那篇《谈作家的立命修身之道》,不仅是针对作家而言,也是对副刊编辑所说。写作这篇文章,孙犁充满了激情,他在文中所阐述的观点和见解,作家和编辑可以共勉。

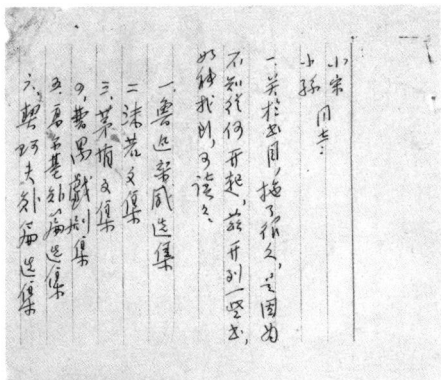

孙犁为作者等开列的读书篇目

以孙犁对从事编辑工作的体验，对待编辑工作的态度，我最初的想法是，一个编辑必须具备高素质、高修养。一个好的编辑，应该是能够组织稿件，安排好你所负责的版面，与作家和普通作者搞好关系；要有改稿能力、比较好的文字水平，能有自己的创作实践；知识面要宽、要杂，不能改错文字，不能犯常识性的错误。

副刊编辑在与作者打交道、处理稿件时，是应有一个严格遵守的标准，这既有自身的素质因素，也有工作中逐渐完善的人格品质。一个刊物的好坏，直接取决于编辑，编辑的优劣和好恶，直接影响到所编刊物的质量和品位。这一点，我是从与一些老作家、老诗人的稿件交往中，领悟到的真谛。延安时期的老作家舒群，朴素而真情，生前与孙犁关系很好。他每次来稿，我们都要把稿子拿给孙犁看。后来在写到舒群时，孙犁说，他的小说稿件，总是抄写得一丝不苟，就像小学生作文。诗人张志民，我们先是通信，后又到北京去拜访他。这位诗人，与《天津日报·文艺周刊》，有着亲密友谊，生前对"文艺周刊"的工作给予过极大支持。每当谈到孙犁，张志民总是叮嘱一定要代他问好。他们之间不仅有书信往来，张志民出版小说选时，孙犁还曾写过一篇序言。

像舒群、张志民这样的作家和诗人，他们对"文艺周刊"的关爱和帮助,是出于对孙犁的敬爱,他们看重孙犁,也就对由他创办的"文艺周刊",多了一些关照和支持。这样,对于我们这些编辑,可以说,也是非常尊重了。

1983年5月,在"文艺周刊"一千期纪念专号上,孙犁写了一篇文章《我和"文艺周刊"》。孙犁将有些人说他培养了多少青年作家,认为是夸张的说法,只承认自己为"文艺周刊"看过一段时间的稿子,他对这个刊物,是有感情的,也花费过一些时间,付出过一些心力。这是孙犁谦虚的说法。对于"文艺周刊",在初创时期,孙犁就倾注了热情,在上面发表作品,在下面组织工人作者讲习班。及至晚年,他仍在关心着这个刊物,不仅继续写稿,而且亲自撰写约稿信。因此,可以这样说,孙犁是一直关心"文艺周刊"的,人在老年,能有一块自己的园地,听一些旧好之音、新人之声,他的心情是欢愉的。从这篇《我和"文艺周刊"》中,也可以看出,孙犁始终在关注着这个版面,他提出的办刊思想都是极为正确、极有见地的。孙犁要求编辑要提高自身的文学修养,提高编辑水平,要经常出去跑跑,联系作者,不要只是坐在桌前,守株待兔。

孙犁的这个要求,对于编辑来说是最起码的,并未强人所难。回想当时,为了能够组到好稿,我们在北京是颇跑了一些路的,除了上述提到的作家和诗人,我们还曾拜访过老作家萧军、徐悲鸿的夫人廖静文、毛泽东保健医生黄树则……孙犁对我们从北京带回来的信息，是很关注的，每次向他汇报时，他都听得非常认真，并时常提出一些好的建议。

1984年5月10日下午，我去给孙犁送《耕堂函稿》的三份样报及十六元稿费。孙犁正站在屋门口，向着院中眺望，见我去了，便让我进到屋里。孙犁这天的兴致很高，说话也多，在问过我近来是否又写诗了之后，便谈到"文艺周刊"的情况，他问："最近稿子多吗？有没有好稿啊？"

我回答说："来稿不少，就是好稿少。"随后谈到约稿问题。孙犁强调说："还是应该出去走走，那样会活泛点儿。'周刊'还应该添人。这是老问题了，提了一两年了。现在还是老框框，分来的年轻人都到记者组去锻炼，可是当编辑的，也要有年轻人，好出外跑跑约稿。像《光明日报》《解放日报》《文汇》月刊，出来约稿的都是年轻人。年轻人带一带，有些基础，就会顶事的。而且不光是对副刊有用，那是整个报社的财富。要搞投资，下本钱，为年轻人读书学习创造条件。我以前看《申报》《大公报》，上面的每条小稿都很耐看，只要有时间，拿起来就能读。文字、标题都是很见水平的。办刊物，主要看作品质量，看你是下游的，还是上游的。你发表水平低的作品，人家就不会给你寄好稿子。"

孙犁的这番话,是就加强青年编辑的培养而提出的,并一直为此而呼吁。这是我记录较全的一次与孙犁的谈话(其中还提到一两家小报的情况),这样的交流,对我提高编辑能力,是颇有帮助的。

作为编辑大家的孙犁,他身上所具备的优秀之处,也是随处可见的。你可以在平时的接触中,点滴吸取,也可以通过他的作品,系统吸收。孙犁那时发表了大量的有关编辑的文章,谈刊物、谈稿件、谈改稿、谈编辑与作者的关系。这些,都是学做一名好编辑的经验读本。

对于工作上的不同意见、版面上稿件的质量等,孙犁有时也是有自己的看法的,但这些不同看法,孙犁总是在交谈中逐渐沟通,提出希望。老人到了晚年,力求善解人意,不愿给他人增加任何负担。有的想法,觉得不好当面说,就写进文章里去。这也是一种委婉,读到文章的人,就可以知道作者的真实想法了。

我就曾有过一次这样的经历。那是1983年11月10日,"文艺周刊"重新刊发了孙犁的《冬天,战斗的外围》。这篇原刊于1940年12月24日、26日《晋察冀日报》的文章,由于战争的原因,已经散佚,后经读者从旧报刊中查出,抄录后寄给孙犁。对这篇充满战斗激情的文章,孙犁是很看重的,当即同意在"文艺周刊"上重新发表。在拼版时,我请人写了一幅毛笔字的版题,并将大样带给了孙犁。在签付印的当天,正好有事要到孙犁家里去,我便又带去了一份大样。那天下午,孙犁刚刚午睡过,他从书橱后面的卧室出来的时候,脸上还带着倦意,他说这两天身体不好,又腹泻了。我将大样递过去说,您再看看,还有无改动。孙犁说,我不看了,就按原稿吧。后来听说,孙犁在一篇文章中提到,由于自己年老眼花,送给他的大样字迹太小,他是无法校对的。我听了,有些赧然,不管老人间接提出的,是否指的就是这件事,我都作为一个教训,记取在心。再有稿样往来,我就送去校改过的清样,有个别字句拿不准,就当面商榷。

孙犁对自己的稿件,是不喜欢别人改动的,包括标点符号,那都是他的心血之作。文章发表后,他都要再读一遍,看有无错排。他捎给编辑部稿件时,每次都要装好信封,叮嘱不要丢失,不要被包里的东西沾上油污。孙犁对稿件的珍爱,就像工人对待产品,母亲对待婴儿。

1994年春天,老作家梁斌从事文学活动六十周年暨八十华诞研讨会在天津召开。孙犁亲笔写来了贺信。在与会的众多老作家中,我见到了魏巍夫妇。孙犁和魏巍作为战争年代的老战友,他们已经有很多年没有见面了,最近的一次通信,还是在1988年,那是魏巍将自己新出版的长篇小说《地球的红飘带》,寄赠给孙犁后,孙犁复函致谢。这次到天津来,魏巍夫妇是准备专程去看望一下孙犁的。

因为我和魏巍之前已有稿件联系,并到他的家中拜访过,所以魏巍在会上见到我,便托我联系此事。我给孙犁家里打电话,告知魏巍夫妇想前去看望,老人听说魏巍夫妇将要来访很是高兴。此时,孙犁已由原先的多伦道宿舍,搬到了鞍山西道的单元房里。在会议即将结束的当天上午,魏巍夫妇如约去看望孙犁,当我领着魏巍夫妇登着楼梯,来到孙犁家的单元门口时,孙犁已经在那里等候了。两个老战友的双手,立刻紧紧地握在了一起,相互问候着进到居室。

孙犁在1993年曾经大病一场,并做了手术。由于病后初愈,孙犁身体有些虚弱,但对于魏巍夫妇的到访,老人确实是很兴奋的,他招呼着让魏巍和老伴儿坐在自己的面前,问起他们的身体和生活情况。孙犁和魏巍的关系自不必说,对魏巍的老伴儿刘秋华,孙犁也是很熟的,他们还聊起了一些家乡的事。

看到孙犁的身体状况,魏巍叮嘱孙犁一定要注意保养身体。老战友见面,没有世俗的那一套,他们是经过战火考验的友谊,彼此有着深深的了解和默契。魏巍夫妇坐的时间不长,

1994年春天，作者陪同魏巍（左）、刘秋华（右）夫妇到天津寓所看望孙犁

他们当天还要赶回北京。临别时，我给孙犁和魏巍夫妇照了一张合影。没有想到，这张合影成为我个人保存下来的、孙犁在晚年的最后的一幅完美形象，虽然虚弱，但依然保持了特有的神韵。因为此后不久，孙犁再次生病住院，病魔的多年摧残，使老人日渐消瘦，我甚至不敢去医院探视，我怕病中的老人，会取代我心目中一直珍存的文学大师的形象。从孙犁住院时起，每每听到老人病中的消息，我都会暗自落泪，我不相信老人就这样倒下去，孙犁应该是坚强的，他应该为千百万读者，始终握着手中的笔。

1999年春天，从维熙、房树民专程从北京赶来，要去医院看望他们文学的启蒙恩师孙犁。早在1998年秋天，从维熙就一直准备天津之行，他们对孙犁的健康状况，有一种潜在的不安。从20世纪50年代初期，刘绍棠、从维熙、房树民就在"文艺周刊"上发表作品，他们与孙犁之间，有一种特殊的感情。1957年，他们三人曾手捧鲜花，去探望当时在北京住院的孙犁，却因故未能进到病房。四十二年之后，当从维熙和房树民手捧鲜花，终于走进孙犁的病房时，他们三人中的刘绍棠早已去世。

　　虽然我对从维熙和房树民的心情，深为理解，但当我陪同他们两人来到孙犁的病榻前，送上他们的新著时，我的心突然不住地战栗。我第一次面对了病中的孙犁，迎着他那已显浑浊的目光，说出我的名字，希望能够唤起老人的记忆。

　　从维熙、房树民走到病床前，去握孙犁的手。两代作家的手，紧紧地握在一起了。孙犁的手，已失去血色，青筋凸露，然而就是这双手，曾经扶持过多少年轻作家的成长。如今，这双手在从维熙、房树民的双手间握着，在我的双手间握着，这是想给予老人一点儿生命的热力，一份晚辈衷心的祝福。此时，从孙犁的眼角儿处，流下了一滴热泪，老人一定是想起了他们之间几十年的情谊了吧。四十二年之久，这一束鲜花，不是更

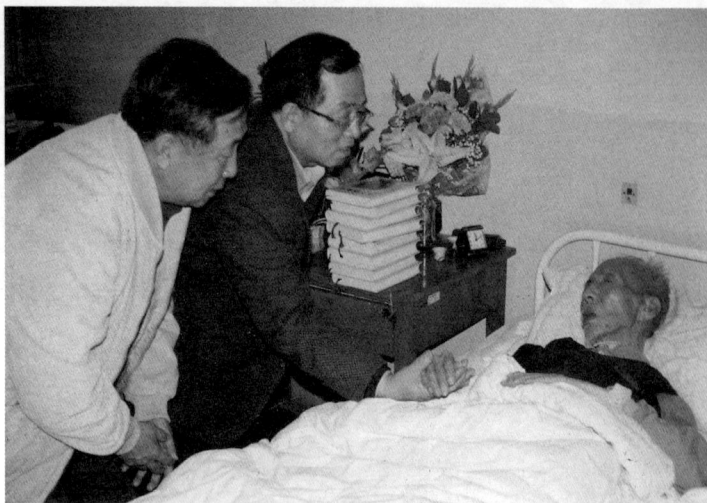

1999年春天,作者陪同从维熙、房树民到天津医科大学总医院看望孙犁

深情、更浓郁了吗!

　　与从维熙和房树民有着同样感情的,还有现在已是中国作家协会副主席的铁凝。2001年10月16日下午,利用来天津领取《小说月报》百花奖的机会,铁凝想去看望久卧病榻的孙犁。自1993年孙犁身染沉疴之后,铁凝便再也没有见过老人,这竟成了她心中的一份牵挂。铁凝动情地对我说:"这位前辈对我的文学创作曾给予过极大的关注,作为晚辈,我一定要去看看老人,为他献上一份祝福,了却我的一个心愿。"

　　当铁凝手捧鲜花,向病床上的孙犁说出自己的名字时,孙犁竟很快地做出了反应,老人高声地说:"我们很久没有见面了!"令铁凝顿时泪涌眼眶。望着孙犁不停嚅动着的嘴唇,铁凝的心中百感交集,她没有想到已经87岁高龄的孙犁,见到自己会这样动情。她把手伸向孙犁,去握那双曾经扶助过自己,而今已是绵软无力的手,她要为老人送去最后的感恩。铁凝立刻贴近老人的耳边,连声说:"是的,我们有很多年没有见面了,可我时常想起您、惦记您。河北省的老朋友也想念您,都希望您能尽快养好病,早日康复。"

孙犁很久没有这样高兴地接待客人了。老人的嘴唇不停地嚅动,他一定是有很多话想说、要说,铁凝来医院看他,这熟悉的声音和面孔,想必是勾起了老人心中许多幸福的回忆。

孙犁是铁凝最为崇拜的作家之一,他们的联系建立于20世纪70年代末。二十几年来,孙犁对这位有前途的女作家的成长,给予过极大的关注和期望,而铁凝更是惦念着长期患病的孙犁,她不会忘记在创作初期,孙犁对自己倾注的关怀与热望。

望着久病的孙犁老人,铁凝心中充满感激之情,心里涌起千言万语,却又哽咽难言。孙犁轻轻地挥着手说:"你们回去休息吧。"铁凝眼含热泪,将带来的鲜花摆放在老人病榻前,然后俯身去与老人握别。孙犁与铁凝在病榻前的相知与相握,

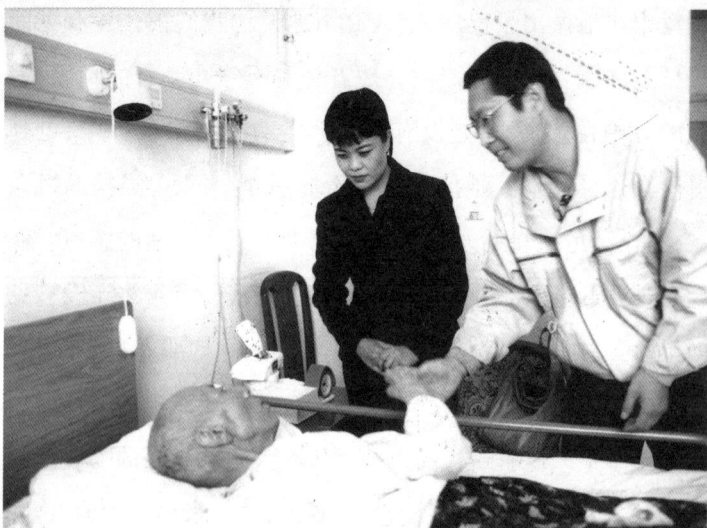

2001年10月16日下午,作者陪同铁凝赴天津医科大学总医院看望孙犁

是心灵的一次沟通,是跨越了时间与年龄的一次感情的交融。

走出病房,铁凝的眼里仍闪着泪光。她说:"老人比我想象的情况要好,只是没想到老人会这样激动。"在孙犁丰富的内心世界,是非常看重旧谊的,他与青年作家之间,结下的都是纯洁的文字之缘,不求任何回报,时间愈久,感情愈真挚。而这些对孙犁怀有感激之心的作家,不论年龄还是地位发生变化,都不会忘记这一段师生之情。

不到一年,2002年7月11日,孙犁病逝。铁凝深怀悲痛之情,写了一篇《怀念孙犁先生》的文章,发表在2002年第11期的《人民文学》上。同年10月24日,《人民日报》在先期转发这篇散文时,将题目改为《四见孙犁先生》。铁凝对在天津医科大学总医院病房中第四次拜见孙犁极为看重,她在文章中写道:"感谢《天津日报》文艺部的宋曙光同志和孙犁的女儿孙晓玲女士,他们满足了我的要求。"因为与孙犁的这最后一面,将成为铁凝文学道路上最为难忘的一幕,并使她留下了与孙犁唯一的一帧照片。

从维熙在1999年春天那次见到孙犁之后,4月9日在《北京日报》上发表了一篇《近读孙犁》。他在文中提道:"陪同我们一块去探视孙犁的《天津日报·文艺周刊》的编辑宋曙光,他是孙犁的老部下,深知孙犁个性中的含蓄,因而把孙犁流下的泪水,看成是一首无言的诗。"

这一说法,我是第一次听到,也很高兴。自1977年我到了文艺组之后,孙犁已经不再上班,但这并不重要,我得到过老人真诚的提携和关照,并且因为编辑业务的关系,直到老人去世之前还维系着感情。我是在孙犁的旗帜和影响下学做编辑,并且一直继续着"文艺周刊"当年的办刊传统,与一些新老作家,保持着良好的友谊。不久前,老作家雷加寄给我一册他新近出版的《雷加日记书信选》,其中在致作家王家斌的一组信中提道:"《游击二月》全文发在《天津日报·文艺周刊》上,宋曙光同志寄来一信，挺温暖的。他说对老作家有感情，要我再寄文章去。"这是指的 1985 年，我与雷加老人的稿件联系，能得到这样一些作家的认可，我感到欣慰。

回首往昔，我在"文艺周刊"，任了近二十五年责任编辑，诸多前辈编辑，曾为这块版面打下良好的基础，使这块富有传统的文学副刊，成为一个薪火传递的事业，这也是我的人生履历中，我年轻时代，最值得留恋的一段光阴。我们是在继续着一位前辈作家和编辑大家——孙犁，于半个世纪前创下的一份辉煌，并且仍在遵循着他的教诲与足迹，我感到荣幸。

2002 年 6 月 15 日

2021 年 11 月 20 日校订

报纸上的芳香

　　到今年秋季,我在天津日报社就已经工作三十四年了,这个社龄,在市委机关报里,不能算是最长。但若说编龄,我在《天津日报·文艺周刊》做副刊编辑的这三十年,或许就算是一种资历了吧?

　　《天津日报》1949年初创刊不久,便由郭小川、方纪、孙犁等创办了"文艺周刊",这块文学副刊不仅与《天津日报》同庚,而且也是新中国成立之初,省市级党报创办较早的文艺副刊之一,已经有六十年办刊历史。从创刊到"文革"前夕被迫停刊,是"文艺周刊"的前三十年,从1979年1月复刊至今,是它的后三十年。难得的是,从"文艺周刊"复刊起,我便在"文艺周刊"做编辑工作,整整干满了这后三十年。这样的编辑经历,让我感到荣幸。

回想参加工作之前,对于职业的选择,并没有过高的奢望,但细一回想,似乎还是存在某种期望的。毕业分配前夕,我将自己创作的几十首诗歌,用钢笔抄写在白纸上,然后装订成一本诗集。这种近乎虔诚的举动,说明在学生时代,我对文字就怀有一种偏爱,而且这册用雪莲纸装订的诗集,为我进入新闻单位起到了积极的推介作用。以我当时不满十八岁的年龄,便投身党的新闻战线,与我所喜欢的文字打交道,这使我的心中萌生了青春的向往。

那时期的《天津日报》还是铅版印刷,对开四版,在文字与纸张的氛围中工作,感受到的是文化气息,那是报纸所带来的新鲜感。老报人说,打开每天的报纸,会嗅到一种油墨香。刚从印刷机上印出来的报纸,都会带有油墨味儿,这是天天都能闻到的,但弄懂这句话的含义,要在熟悉报纸的印务流程之后。办报人说的这种油墨香,不是单纯指印刷报纸的油墨味儿,而是饱含了新闻工作者的职业情感,局外人当然理解不到这样的深度。

报纸的油墨香,是由各道工序聚集起来的综合气味,排字车间的铅字、记者手稿上的墨迹、出版部夜班编辑的汗水,最终通过轮转机流淌出来,新闻纸上浸润的油墨便有了沁人的馨香。对这种气味的感觉，总是新鲜的，几十年来几乎天天如此。报纸每天都是新的，而墨香随着时间的远去会逐渐淡漠，但那并不是真的淡漠，而是慢慢地沉淀，时间越长久，那墨香反而越醇厚。像新闻纸这样的产品，它们的出版，曾经带有手工劳作的芳泽。当年在排字车间，工人们拼版后给校对和编辑打样子，用的是经过加湿处理过的对开雪莲纸。每当打开盒盖，从潮湿的毡子下面取出纸来，便会闻到一种散发着湿润气味的纸香，因为闻得久了，我便记下了这种单纯而独特的气味，多少年都不曾淡忘。

后来在编辑部里，天天和稿件打交道，嗅觉里似乎总有一种亲切而熟悉的纸香，环绕在身边的，是常阅常新的文字稿件，它们带给我花草的香气。在文学的苗圃里劳作，心中会有一种沉实感，读到好的作品，一天的工作都是愉快的，编辑所付出的汗水，会使版面发出光彩。"文艺周刊"清新的风格，朴实的文风，美观流畅的版式，已经形成优良的办刊传统。作为园丁，只要勤于投入，园子里自然会有收获，会有诱人的果香，版面就如同田园，一期一季，需要编者花费心血去精耕细作。

留在报纸上的墨迹，是为了让记忆常温常新的，是为了让心灵感受幸福的。从阅读中寻求真理的人，生命中会充满无穷的乐趣与真诚。我的办公室里，曾经离去过许多编辑前辈，他们留在这块园地里的足迹，或长或短，都是坚实的，也是不能够被遗忘的。编辑虽然离开了岗位，他们编辑的副刊版面还在，版面上的光泽还在，温馨和芳香还在。而且，作为副刊编辑，他们对报纸的依恋，已经白纸黑字地永存在版面中了。

作者在电脑前设计"文艺周刊"版面

一个为报纸工作过的人，其经历是值得记忆一生的。在《天津日报》，为文艺副刊工作年限最长的，便是孙犁。从我到报社工作，孙犁就已经不到报社上班，但作为这块文学园地的创办者之一，孙犁自始至终都未曾停止过编辑工作，自1949年1月进城创办《天津日报》，到2002年7月11日病逝，他一生中长达五十三载时间是与《天津日报》相伴相随,是老一代编辑中,为"文艺周刊"浇洒心血最多的一位。当年的副刊科有他的办公室,后来离开岗位,他的家随之便成了副刊工作室,他的一些书信、稿件,有时要送到报社来,同事们组稿、谈事,也会到家中找他,不论新老编辑,一律亲切地称呼他为"老孙"。

从报社到孙犁家,步行只需十分钟。有一次我去拜访,想请孙犁帮我为"文艺周刊"约一些名家诗稿。孙犁答应了,当即给田间和曼晴写了约稿信。田间寄来作品的当天,我便兴冲冲地将稿件拿到孙犁家,请他看田间的原信。几十年前的这件小事,现在想起来,心里还感到温暖。当"文艺周刊"出刊一千期的时候,他不仅给华君武写信约画稿,还写了一篇感情真挚的回忆文章《我和"文艺周刊"》。他去世后,报社同仁编辑了一部《孙犁文集·天津日报珍藏版》,收录了他在报社工作期间,发表在文艺副刊上的所有文章,总计竟有百万字之巨。

文艺副刊是一张报纸的文脉,而一张报纸的文艺副刊,体现的则是文化含量。那是在二十多年前吧,一天清早,当我从收发室取回来报纸,打开翻到副刊版面,忽然就有一股清新的气味扑面而来,是苇子香。已经有很多次嗅到这样的清香了,只是未能捕捉到。这芦苇的清芬,立刻让我想到白洋淀,想到那一片清汪汪的淀水。这样的联想,是出于职业情怀,还是与生俱来的一种情缘？在学生时代,那本自写自编的诗集,孕育了我迈向新生活的美好憧憬。而早在报社排字车间闻到的那种纸香,仍清晰地存储在我的记忆里。当我在文艺副刊岗位上度过三十年漫长光阴之后,我才发觉,在这块花木茂盛的苗圃里,我是被熏染了,周围都是花蕊的气息。这种发现,是只可意会的一种感受,它无价。

在"文艺周刊"学做园丁时,用孙犁的话说,我还是一个"绿衣少年",周围都是极为敬业的老编辑,在他们身上,有着极强的党报副刊编辑所应具备的政治素养和纯熟的业务修养,他们的编辑作风,保证了副刊版面的高品位。"文艺周刊"作为苗圃,它的办刊方针就是以扶持文学新人为己任,青年作者是幼苗,成材后就是参天大树,可以移植到更广阔的田野去,另成风景。从那时期成长起来的作家,如刘绍棠、从维熙、韩映山、房树民等,他们与《天津日报·文艺周刊》的交往,已经成为新中国报刊史上的一段佳话。而自新时期开始,李贯通、贾平凹、铁凝等作家,先后与"文艺周刊"建立了联系,这种师生情谊,因为有了孙犁而得以延续至今。

当年的青年作家,将孙犁的作品视为写作范本,同时也从孙犁这样的前辈作家身上,学习如何做人,用以提高自己作品的内涵与品质。孙犁给这些青年作家的帮助,是滴水之恩和雪中送炭。铁凝就曾这样说过："一张优秀的报纸,有时候的确能够起到鼓舞一个年轻作者写作信心的作用。没有孙犁先生和《天津日报》当年的慷慨,我不知道我会走到哪条'路子'上去。""孙犁先生高尚的文学品貌在文坛永存,孙犁先生对文学晚辈至诚的关爱我将铭记终生……"这样的师生之情,体现在"文艺周刊"的版面上,在成百上千块的版面中,在成百上千万的文字中,闪烁着编者与作者之间情感的光芒。

办刊宗旨明确,历史悠久,能为整个报纸增添文化含量的文艺副刊,应该算是好副刊。记得有一年,我去参加中国报纸副刊研究会召开的报纸副刊工作研讨会。会前,主办者将与会媒体提供的报纸副刊样报,张挂在会议室里,以供参阅。开会时却发现,我带去的多份《天津日报》副刊版面,竟然一份都找不到了。经问,才知是被兄弟报社的同行事先揭走了,他们说喜欢这样高雅的版面,纷纷携走了一份芬芳。

到今年3月,"文艺周刊"就已创办六十年了,一张报纸的文艺副刊能够办刊半个多世纪,确实有着非凡功绩,证明它在读者中具有的影响力。从这块苗圃里崭露头角的几代作家,伴随着新中国的成长而成熟起来,他们不同时期的作品,为时代增添了色彩。"文艺周刊"依然葆有青春活力,在历经六十载风雨途程之后,将开创它新的篇章。

　　副刊编辑的流动性很大,这不仅与版面的不固定有关,还经常面临报纸改版而被迫改刊的危险,一旦版面变更,编辑当然也要转岗。在《天津日报》的历史上,"文艺周刊"是个例外,不管社内社外的形势如何变幻,"文艺周刊"始终以它响亮的刊名召唤着读者。我做编辑时,正值青春年少,又很努力地工作。这样,便亲历了"文艺周刊"从一千期到两千期的全过程,这个过程用了将近三十年,我的整个青春年华,也便奉献给了这三十年。

　　　　　　　　　　　　　　　　　　2009 年 8 月 18 日

心香弥久

——孙晓玲"记我的父亲孙犁"系列文章编后

　　孙犁先生尚在病中时,有一天,他的女儿孙晓玲给我打电话。记得那是个冬日的上午,办公桌上满是稿件和报纸大样,晓玲先是谈到她对父亲病情的担心,接着又谈起对父亲的眷念之情。不久,电话那边便传来隐隐的抽泣声,这使得我的心情也骤然间变得沉重起来。

　　晓玲给我打电话的初衷,是想问我,能否在《天津日报·文艺周刊》上,写一些有关她父亲的文章。那时孙犁先生久病卧床,早已不能写作。我当即回答晓玲,回忆父亲的文章不仅可以写,而且很有写头儿,因为你的父亲是孙犁。于是,从那之后的许多个日子,晓玲常会打电话到编辑部来,每次我们会就文章的内容和形式,都要很投入、很动情地谈很长时间,因为所有涉及的细节都饱含情义,一方面出于女儿对父亲的亲情,另一方面也是我对孙犁先生的敬意。

孙犁先生卧病多年,晓玲和家人都是极尽孝心。与哥哥、姐姐不同的是,晓玲心里还埋藏有一个情结,那就是她非常崇拜自己的父亲,想再为父亲做些什么。父亲笔耕一生,早已在中国文坛确立了文学大师的地位,但晓玲眼中的父亲,始终是一位和蔼可亲、疼妻爱女、头上没有光环,和其他普通人一样的父亲,他们之间充满了父女情长。

正是这种父女之情,让晓玲想到了回报父爱的一种最好方式,那就是写出自己心中的父亲。在孙犁先生的子女中,晓玲是比较喜欢文学的一个,也正是由于她的这种爱好,才更多地得到过父亲的关心和勉励。现在,在父亲的病榻前,晓玲萌生了一个既让她激动又感到任重的想法,她要动笔写写自己的父亲,她要让父亲的音容笑貌活在文字里,让女儿的感恩之心永恒在文章中。

晓玲对父亲的真情令人感动。我从1977年起便在孙犁先生任职过的《天津日报》文艺组工作,并在初做编辑时得到过他的扶助和关注。这些,我已经在《忆前辈孙犁》一文中,做过详细记载。孙犁先生作为《天津日报·文艺周刊》的创办者之一,直到晚年仍然做着园丁工作,他是这块文学苗圃所有前辈编辑最杰出的代表。无论从哪个角度讲,我都应当支持晓玲的这个想法,而且,这是一个极难得的写作题材,应该很好地把握住。

孙犁先生的作品读者已不陌生,可是关于他写作之外的生活、家庭和亲人,这些方面没有人写,局外人也不可能写得了,而晓玲作为孙犁最疼爱的女儿,握有这方面的第一手资料。特别是在她守护父亲期间,亲笔记录了不少父亲对往事的回忆,这势必对她的写作起到不小的帮助。但同时这又是一项极艰巨的写作任务,需要连续创作并且始终保持在一定的高水准,这对晓玲来说也是一个考验。更为重要的是,读者非常关心和需要这方面的信息,也将为孙犁研究者提供一份真实而鲜活的史料。

尽管这是一种极有难度的写作,但其独特含义和史料价值则无法估量,必将在未来凸现出罕见的光彩。所有的写作计划,我和晓玲都是通过电话完成的,这种沟通和交流,超越了一般的编者与作者的关系。从文章的总题目"记我的父亲孙犁",到每一篇作品的具体内容,都经过认真筛选和排序,在写这一篇的同时便定好下一篇的题目。我叮嘱晓玲,这组文章的情节必须真实,不能有任何虚构,别人说过的话和写过的文字,一概不要再用,包括不要引用他人已有的资料,即使孙犁先生的原著和评介他的著述也不要过多引用。这组作品，就是一个女儿写她的父亲，突出第一手资料的新鲜和生动。

那段时间，也就是在这组文章刊登之前，我们的通话通常带有感情色彩，每当说到父亲的一些细节，晓玲都会话语哽咽，就是在她查找的资料、抄好的稿纸上，也常会留下泪水的痕迹。2001年2月8日，这组文章的第一篇《战友情——记我的父亲孙犁之一》，发表在《天津日报·文艺周刊》上，记叙了孙犁先生与梁斌两位作家之间的感人友情。将近一年半之后，当文章发到第三篇的时候，孙犁先生不幸病逝。这组饱蘸亲情的文字，是晓玲为父亲献上的最后一次花束，也是孙犁先生临终前，得到的一份最好的心灵慰藉。

从2001年2月8日至2010年7月8日，"记我的父亲孙犁"系列文章，在将近十年时间里，总共发表了十六篇。在这样一个漫长的写作过程中，晓玲始终保持着坚定的写作激情，无论在多么困难的情况下，她都没有放弃写作，按照我们事先商定好的篇目默默地写作着，每完成一篇，她都因感情投入过多而大病一场。这期间，特别是在孙犁先生去世的7月份，《天津日报·文艺周刊》必定会在版面上刊发怀念文章，晓玲的作品经常是重点稿件。这组作品初发不久，便有出版社预约出书事宜，更有多篇文章被《作家文摘》《散文海外版》等报刊转载，其中《摇曳秋风遗念长》一篇，不仅被收入长江文艺出版社《60年散文精选·新中国60年文学大系》，还荣获了中国报纸副刊研究会金奖。

随着时间的推移，"记我的父亲孙犁"见报篇数的不断增加，"十年怀胎"——这组文章终于有了自己的新书名《布衣：我的父亲孙犁》(三联书店出版)，该书收录了发表在《天津日报·文艺周刊》上的全部十六篇作品。尤其令我感动的是，所有文章的落款处，均注明原载报刊及时间，不论这是否属于该书的一种体例，还是作者念及旧情，我都认为这是对原刊报纸的一种尊重和认可。当我重新翻阅书中那熟悉而又亲切的文字，不禁又回想起当年初读这些文章时，对孙犁先生的战友深情、师生友谊、家庭关爱，而生发的颇多感慨，而其中某些段落、章节和文字，使我依稀想起曾经斟酌、把握和修饰过它们：有的初稿因为素材密集而做过删节，有的则因某些内容与题目不符，被挪到另一篇里去，当文章中出现先父、慈父、爹等多种称谓时，均统一为父亲……那些留在原稿上改动的笔迹，之所以让我印象深刻，皆因那是出自我对于孙犁先生的一份深情缅怀。

在孙犁先生去世后的第六年，也即2008年，天津日报社编纂出版了一套上下两卷本《孙犁文集·天津日报珍藏版》，收录了孙犁先生在天津日报社工作的五十三年间,发表在文艺副刊上的所有文章,包括一些注释及与孙犁先生共事或接触过的新老报人的回忆文章,竟达百万字之多。这部《孙犁文集·天津日报珍藏版》,显示出孙犁先生作为一代报人,新中国报纸文艺副刊的早期创办者,在党报副刊园地打下的坚实基础和建树的崇高风范,将永远为后人所敬仰。时隔三年,由他女儿孙晓玲在《天津日报·文艺周刊》上撰写的"记我的父亲孙犁"系列文章,又以《布衣:我的父亲孙犁》为书名结集出版,填补了孙犁研究方面的又一项空白。

《布衣:我的父亲孙犁》和《孙犁文集·天津日报珍藏版》两书之间,似有一种血脉传承,在书的情韵及亲缘上形成并蒂之美,前者可作后者的别集,也可称为文集的续编。今后,无论孙犁研究工作如何深入,这部《布衣:我的父亲孙犁》,都将是别无二致的研究成果,它的独到、特色和深意,均无人可以同比。

当初,从酝酿、构思这组文章的那天起,我便将一种情缘埋在心底,始终怀想着它、期望着它,这种情感的寄托外人无从知晓。整整十年了,每发表一篇作品,这种期盼就加重一分,朝着预期的设想迈进一步——按照原先的设想,是应将所有定好的题目全部写完之后再编辑成书,而今提前结集,多少令我感到有些遗憾。但是就现有篇章来讲,这十六篇作品也完全可以面对读者,因为当它们初登报刊的时候,就已经做过很好的编辑加工,想到这书里曾浸透着一份深挚的情结和无私的心血,我便又释然了。

读者决然不会想到,这部《布衣:我的父亲孙犁》在成书之前,它的背后会有这样动情的故事,它的作者和编者,曾经花费了怎样的时间和精力,泪水和汗水。它终将是一部充满感情色彩的书,因为它来自作者朴实而真诚的文字,来自书中主人公孙犁先生作品的感人力量。一部被读者和社会所认可的书,不会是速成的,也不会是浮躁的,更不会是哗众取宠的。

现在,孙晓玲终于完成了自己的这个心愿,这是值得庆贺的,而孙犁先生生前非常关爱的这个女儿,为他敬献了一份最难得、最贵重、最无价的礼物,晓玲是幸福的。

2011年7月11日

孙犁先生逝世九周年忌日

园丁之忆

报纸副刊编辑,是一种默默无闻的、为他人做嫁衣的寂寞工作,不图名和利,我一生的编辑经历,就是一个生动写照。在寥寥的几个奖项中,孙犁报纸副刊编辑奖,是我比较看重的一个。那次获奖是在2011年的初秋,颁奖仪式后,《新民晚报》获奖的编辑同仁,邀约10名获奖者每人写一篇文章,刊发在"夜光杯"专栏里。

在参加颁奖会之前,我曾写好一份获奖感言之类的小文,以

2011年11月,作者荣获孙犁报纸副刊编辑奖

备在会议讨论中发言,想了想,就说说园丁的话题吧。

我做报纸副刊编辑时,只有二十一二岁,很有一腔抱负,而当时的《天津日报》文艺组,则有很多资深的老编辑。1977年,我调到文艺组工作的第二天,便去拜识了孙犁先生,那是我见到的第一位真正的作家。

当时,孙犁先生已不再到报社上班,但他仍属于编辑部中的一员。一是孙犁先生在"文革"中被迫停笔,此时已经恢复创作,他要不断地把稿件送到编辑部来;二是孙犁先生对自己的副刊版面怀有很深的感情,愿意把稿子拿到上面发表,一来时间快,二来可以随时订正谬误;三是编辑部经常收到本市或外埠一些作者,寄给孙犁先生的稿件和信件,需要转交给他,而孙犁先生的复函或看稿意见,也会通过编辑部寄出和回复;四是编辑们在版面上有了什么想法或创意,都愿意找孙犁先生聊聊,听听他的意见。这样,孙犁先生的家,就成了我们的第二编辑室。

孙犁先生住在天津日报社宿舍,距报社步行顶多用十分钟。"文艺周刊"复刊初期,我负责编辑诗歌稿件,为了尽快建立起诗人作者队伍,我拟就了一份约稿名单,跑去请教孙犁先生,请他过目并帮忙约请他熟悉的知名诗人为"文艺周刊"写稿。孙犁先生爽快地答应了我的请求,很快便给他的老朋友田间、曼晴等诗人，写了热情的约稿信。孙犁先生有着丰富的副刊编辑经验，在国内文坛又享有很高的地位，所以文艺组同仁都非常敬重他，编务上有什么问题，都愿意去找他商量，以他的意见为准。那时候，我们将"老孙"的称呼，叫得极亲切、响亮。

每次见面，孙犁先生因为知道我喜欢诗歌，便总要询问我的创作情况，并将诗人朋友寄送给他的诗集转送给我。而我每次到孙犁先生家中，也大都不会"空手"，去时，不是带着作者的信件，就是捎去一些稿纸或信笺，有时是代取的稿费；回来，则带着老人给我的新书或是诗集。在编辑部，我当时年纪最轻，总想为老人多做些什么。记得是1984年夏季，有一次，我们在谈完公事后，无意中，孙犁先生说他的理发成问题了，原先的那个走街串巷的剃头师傅，不知道什么缘故不来了，自己又不愿出门去理发。我听了，立刻自告奋勇地说，我会理发啊，就让我来给您理发吧。孙犁先生听了不禁朗声大笑，说："小宋，你还会理发？"我说："是啊，我是自学的。"随后，大约有不到一年时间，我定期去给老人理发，有时老人也会托同事给我带信儿，让我去家中给他理发。

在孙犁先生家中，他最关心、问得最多的，还是编辑部的情况，来稿多不多，有没有好稿？从他那关切的眼神里，我能看出他对"文艺周刊"的特殊情感。这块纯文学副刊,1949年3月24日创刊时,孙犁是它的创办者之一,从20世纪五六十年代,便发表过大量优秀作品,当时还是学生身份的刘绍棠、从维熙、韩映山等人,以及一批天津工人作家,便在这里投稿,是"文艺周刊"见证了他们的成长。除了业余作者,还刊发了大量名作家的优秀作品,孙犁先生的长篇小说《风云初记》,就曾在"文艺周刊"上连载。至1983年5月,"文艺周刊"将出刊一千期,我们到孙犁先生家中,向他汇报纪念专版的组稿内容和版面设想,特别提到想请华君武画一幅漫画。孙犁先生表示同意,当即用便笺,给华君武写了一封约稿信,还叮嘱一定要由专人送到北京。约稿信的大意是:对华君武的漫画喜爱非常,倘能在我们的版面"千期"之时赐画,则可"光耀版面"。信写得很简短,但"光耀版面"几个字,记忆尤深。

"文艺周刊"出刊一千期纪念专版的第一块版面,右上位置刊登的就是华君武的漫画《硕果一千》。同期,还刊登了孙犁先生的《我和"文艺周刊"》。在这篇文章中,孙犁先生提出了极为正确、极有见地的办刊思想,并谈到培养青年作家和提高编辑自身修养等问题。在这种办刊思想指导下,我和前辈编辑经常外出组稿。那期间,我们在北京相继拜访了舒群、萧军、黄树则、廖静文……还积极与当时同孙犁先生建立起师生情谊的贾平凹、铁凝、李贯通等青年作家联系,刊发他们的新作品。令人难忘的是,我曾经陪同魏巍夫妇到家中看望过孙犁,与从维熙、房树民到医院拜望过他们的文学恩师,并送去他们的新著和鲜花,还与铁凝一同去看望她心目中极为敬重的文学前辈,并拍下了她与孙犁先生唯一的一帧留影……

从那时起,我就在前辈编辑的身后学做园丁,认认真真,学着他们与作者交往、修改稿件,学着他们读书、学习的精神。我知道编辑工作是一件细活,细致、细心、不能马虎,不能大意,粗心就容易出纰漏,造成谬误或错误,这都是作为一个好编辑的大忌。我就这样时时自勉着。

从一千期到两千期,"文艺周刊"又走过了十九个年头,当两千期纪念日临近之时,孙犁先生却于2002年7月11日,因病去世,而8月8日就要出刊两千期了,悲伤之心与遗憾之情油然而生,我们再不能向孙犁先生面呈纪念专版的设想,永远不能了。有幸的是,我见证了"文艺周刊"从一千期到两千期的编辑全过程,在三十多载的编辑生涯中,留住的竟是一片难以忘怀的情缘:孙犁先生的精神血脉,融化在他终身耕耘的副刊园地之中,并将传承后代。

正是这份园丁之责,叫我远离了喧嚣与浮躁,也淡漠了各种荣誉的诱惑,只喜欢认真仔细、心无旁骛地做着我的编辑业务,因为我是这样深爱着这份事业。这就足够了,所以当我手捧以整个青春岁月为代价获取的奖杯,心中竟然沉静如水,尽管这荣誉是用三十多年的辛劳所换取,是那么沉实而有分量。

2011年10月26日—11月10日

想起约稿函

——写给孙犁先生百年诞辰

　　这是一件有关孙犁先生的往事,距今已有三十四年。往昔历历,能够从这么久远的过往,钩沉几乎被湮没的往事,不仅需要心灵的铭记,更需要有感情的积淀。

　　在孙犁先生的著述中,收录有大量信函。这些信函,曾为孙犁研究提供了极为重要的参考资料,但在这些信函中,有一种信函却难得一见,那就是约稿函,即编辑部通常要写的约稿信。孙犁先生的信函,无论是早期的信件,还是后来的明信片,甚或是写给青年作家的读作品记,都有很可观的留存,唯独像约稿信这样的信函,却暂付阙如,实为一件憾事。

　　作为《天津日报·文艺周刊》的创办者之一,孙犁先生在副刊园地做过大量的编务工作,包括为业余写作者授课、举办工人文学讲习班等。至今，仍有作者记得孙犁先生当年写给他们的改稿信，可惜这些信件大都未能保存下来。进入老年，孙犁先生仍在做着这些"编务"，如代转作者稿件、与青年作家通信，在报纸副刊上发表推介文章。那一时期，《天津日报》文艺副刊因为享有孙犁的声望，向外组稿很有优势，编辑们如果有了版面或稿件上的想法，也都愿到孙犁先生家中请教，而老人从来都是有求必应，热情相帮，并时刻关心着办刊情况。孙犁先生早已将他耕耘过的这块苗圃，作为自己文学情感的依托。

1979年元月，"文艺周刊"复刊后，我兼管其中的诗歌稿件。那时我调到文艺部刚刚两年出头儿，初做编辑工作，自然怀抱一腔热情，很想尽快约到优秀的诗歌作品。我将国内知名诗人按省市列出名单，如北京诗人臧克家、严辰、张志民，河北省诗人田间、曼晴。北京诗人我分别写了约稿信，河北省的诗人就想请孙犁先生代为约稿，因为我知道老人不仅与他们同乡，而且有过战友情谊，请他帮助约稿，成功的希望很大。

我来到孙犁先生家中，向老人谈了我的约稿请求。孙犁先生听后，点头表示赞同，笑着说现在我就为你写信。当即，老人便给田间写了一封约稿信。信中，并请田间代为向曼晴约稿。约稿信写好后，孙犁先生将信交我带回报社，由报社收发室寄出。几天后，我就在编辑部收到了田间同志的来信，打开这个印有河北省文联字样的信封,里面有写给孙犁先生的信及两篇诗稿,这是我首次约到大诗人的诗作,心情激动难抑。我立即将全信内容做了抄录,又到摄影部将信及诗稿拍了照片,然后便兴冲冲地去告知孙犁先生。

孙犁先生听说田间同志这么快就寄稿了,也很高兴,他看罢老战友的问候,又读起诗作。田间的字迹别具韵味,有个别字需要辨认,那一刻,我们一同读着诗稿,感受着诗人那激越的诗情。

田间同志来信如下:

天津日报文艺部并请转孙犁同志:

5月11、12日来信,收到。为你们写稿,义不容辞。因一直在开会,或怕拖过去了,"诗辩"是在接到老友信后即兴之作。"边城"是前不久为河北广播电台写的,没有整理,现在一并抄上,请你们代为改正。不一定可用。如不行,望寄回可也。老朋友没有客气的。曼晴处我当告他。匆匆。

祝你们好,望孙犁同志保重!

田间　1979年5月15日晨草

信中所说"5月11、12日来信",是指我也给田间写有一信,与孙犁先生的信一并寄出。

待诗稿打出小样,我给田间同志寄去一份,请他阅后寄回,以备拼版。5月31日,田间回信:

天津日报文艺部宋曙光同志:

5月28日信悉。我前数日回京。小样未收到。我意可以不必看了,如你们为了慎重起见,可否请孙犁兄代为过目即可。否则可能耽误时间过久。

匆复　撰安!

田间　(1979年)5月31日于京

这首《诗辩》诗,刊登在1979年6月15日的"文艺周刊"上,诗稿落款处标注:"1979年5月,接老战友的来信后作。"可见,田间同志对于孙犁先生的约稿极为重视,在繁忙的工作之余,特撰新作支持孙犁先生主办过的刊物,而孙犁先生也是格外珍视这种战友情缘。早在1977年,孙犁先生就写了散文《服装的故事》,其中写道:"有一天在部队出发时,一同采访的一位同志把他从冀中带来的一件日本军队的黄呢大衣,在风地里脱下来,给我穿在身上。我第一次感到了战斗伙伴的关怀和温暖。"这写的就是田间。这篇散文,我曾当作范文熟读。1978年,孙犁先生还曾为田间写过一首诗,题为《寄抗日时期一战友》。1985年,田间同志病逝后,孙犁先生不仅写了追悼文章《悼念田间》,随后还给田间夫人葛文写去一信,表达自己的哀痛之情。

在我的记忆中,始终留有田间信件的影像,更没有忘记孙犁先生的约稿函,如若当时也将孙犁先生的信笺抄录下来,便不会再有如今的遗憾,致使两位老战友的战友书,迄今仍为"半阕"。在已有的孙犁先生的编著中,1982年百花文艺出版社出版的《孙犁文集》,未能收入孙犁与田间的通信;2004年人民文学出版社出版的《孙犁全集》,虽收录有孙犁致田间信八封,但未见我记忆中的那封约稿信;在2013年百花文艺出版社新版的《孙犁文集》中,孙犁与田间的通信仍无新的增补,这使我一直期盼能在孙犁约稿信后面,附有田间这封回函作为补释的心愿,再次落空。

孙犁先生亲写约稿信的情况不多,由于数量少,加上收信人或会认为有"公函"之意(毕竟是为报刊约稿),本人及家属未能刻意保存,这是很令人惋惜的。孙犁先生早年为《平原杂志》所写的征稿简约、征稿启事,以及后来为《天津日报·文艺增刊》和《天津日报·文艺评论》版,代拟"致读者、作者""辟栏说明""改进要点""更名、缩短刊期启事""'文艺评论'改进要点"等,虽也是一种稿约形式,但因已公开发表,便能够完整地保留下来。特别是为《文艺增刊》写的一组"稿约",集中撰写在1980年7月至1981年8月之间,足见孙犁先生对刊物的热诚襄助。不仅如此,孙犁先生这组"稿约"写得极为精彩,句式新颖、条理清晰,作为大家手笔,一时成为当时编辑部同仁捧读的业务范本。

公开发表的文字这样讲究、漂亮,写给老战友的书简同样富有文采。除了这封孙犁先生写给田间的约稿函,我记忆中还有另外一封同样性质的约稿函,那是孙犁先生写给华君武的。1983年5月,《天津日报·文艺周刊》出刊一千期,孙犁先生也是应编辑部之请,给华君武写了一封约稿信,请他为"文艺周刊"的千期纪念画一幅漫画。信写好后,孙犁先生还特意叮嘱,让我们派专人送达北京。接过信,我看了上面的内容,对其中倘能于"千期"之时赐画,则可"光耀版面"一句,至今印象深刻。可惜,孙犁先生写于三十年前的这封约稿函,也是难觅踪迹了。

当年,田间同志的诗作刊发后,翻拍下来的黑白底片及抄录的信笺,一直就放在我办公室的抽屉里。1995年,天津日报社由鞍山道原址搬到现今的大沽南路,时光如水,这两张底片

　　和信笺竟然保存完好，既没有丢失，也没有被洇污，就在泛黄的旧信摞中，任由岁月之河的深情浸润。

　　当两位老战友相继离去三十四年之后的今天，适逢孙犁先生百年诞辰之际，我翻检出这些旧存，让它们带着原有的情韵、文字的记忆，出现在读者面前，连同底片所展现的诗人手迹，再现当年两位作家，在战争年代所结下的战友加兄弟般的真挚情谊。

　　这些难以释怀的往事，随着时间的推移，可能将成为我们这一方园圃永远的回忆。值得庆幸的是，我们毕竟保留了最初的记忆，版面在、文字在、墨香在，皆因绵绵情缘在。不管孙犁先生当年所著信函，能否与现存回笺完美"合璧"，这份心香都将依旧，这桩温馨之忆也终将永恒。

2013 年 4 月 15 日

荷香久远

——孙犁先生百年纪念文集编纂之思

2013年5月14日,随着"孙犁百年诞辰纪念座谈会"及"百年孙犁·论坛"在北京举办,孙犁先生百年纪念文集《荷香久远》的编纂工作便随之启动。其实,早在孙犁先生逝世十周年时,编选纪念文集的筹备工作即已开始。我们向重点作者约稿,请他们撰写纪念文章,并先期策划孙犁先生百年诞辰纪念专版的稿件。这是一段漫长且需要慢慢咀嚼的日子,在日常的副刊编辑工作之余,安静而愉悦地做着这件工作,让我感受到其中的绵绵深情。

文集中的作者,几乎都是与孙犁先生有过心灵沟通,并在文学创作与研究领域颇有建树的作家、学者和报人,一篇篇地重读、编订这些有感情、有色彩的文字,体味它们、感悟它们,然后将它们亲密地集萃在一起,形成一种撼人心魄的力量。这些文字当然具有这样的感染力,因为它们记述的是孙犁——一位有着传世作品的作家。

孙犁先生于1949年1月,迎着全国解放的隆隆炮火,从河北胜芳进入天津,参与创办中共天津市委机关报《天津日报》,并与郭小川、方纪等一起,于当年的3月24日,共同创办了新中国最早的报纸文艺副刊之一的《天津日报·文艺周刊》。在这块文学苗圃,以孙犁为代表的老一辈编辑,不仅确定了扶植和培养文学新人的办刊方针,而且以默默无闻、甘为人梯的奉献精神,树立了党报副刊编辑的光辉榜样。

天津日报社是孙犁先生钟爱的工作之所,也是他生命的终身之地。除去他在抗日战争烽火中的战斗经历,他一生中共有五十三年珍贵时光,是与《天津日报》相伴前行,辛勤耕耘在报纸副刊园地。直至晚年,他仍在为心爱的副刊组稿、推荐作品,从未停止过自己的"编务"。这种编辑身份、编辑情缘,体现了一种神圣的园丁职责,从早期"文艺周刊"举办的工人作者文学讲习班,到1979年"文艺周刊"复刊,建议并重新调回了老编辑邹明、李牧歌夫妇,再到当年年底主持出版《文艺》增刊,他做了很多提升版面、刊物品位和档次的编辑工作。同时,他本人的许多重要作品,都曾首发在《天津日报》文艺副刊上,例如《风云初记》,就是在"文艺周刊"连载后,成为不朽名篇。

国内文坛的许多青年作家,都曾承受过孙犁先生的帮助,得到过热情勉励,这是因为孙犁先生的人品和文品,受到读者的认可,青年作家愿意将稿件和发表后的作品寄给他,希望得到批评和指点,这种文字交往,年轻作者往往受益终生。当时,外界可能认为孙犁先生仍在"编辑"刊物,他有权推荐作品,阅稿后写出的评介文章,可以就近从快地在报刊上发表,这是极为重要的一个编辑环节,事实也是如此。孙犁先生与青年作家间的交往,实证了一种卓有成效的编辑业绩,当年留下的诸多书信、谈话等,如今都成了极为珍贵的文坛史料。

从1995年之后,孙犁先生因病而停止了写作。在他住院治疗期间,相继有晚辈作家前去医院探望,为他送上衷心的祝福。为了保证最好的医疗条件、请到最好的手术大夫,从天津市委领导,到天津日报社社委会、编委会,都曾给予过从人力到财力上的最大限度的支持,从而保证了孙犁先生始终得到最为满意的治疗效果。

2003年,在孙犁先生去世后的转年,天津日报报业集团在天津日报社大厦前广场,为孙犁先生塑像并铭文,以永久纪念这位文学大师、杰出报人、卓越编辑。

2008年,在孙犁先生离去后的第六年,天津日报社编纂出版了一套上下两卷本《孙犁文集·天津日报珍藏版》,收入了孙犁先生在天津日报社工作期间,发表在文艺副刊上的所有文章,其中包括注释及与孙犁先生共事或有过接触的新老报人的回忆文章,计有百万字之巨。这部《孙犁文集·天津日报珍藏版》,显示出孙犁先生作为一代报人、新中国报纸文艺副刊的早期创办者,在党报副刊园地打下的坚实基础和所建树的崇高风范,将永远为后人所景仰。

2009年,为纪念《天津日报》创刊六十周年,天津日报社在大厦一楼大厅,永久性展出《天津日报》创刊六十周年社史展,为郭小川、方纪和孙犁先生,特辟"报人风采"展板,介绍和传承他们为《天津日报》的创办和发展所做出的非凡贡献。

2011年,中国报纸副刊研究会联合天津日报社,共同举办了全国首届"孙犁报纸副刊编辑奖"评选活动,在全国报纸副刊界所推荐的几十名候选副刊编辑中,共评选出孙犁报纸副刊编辑奖获得者十名、孙犁报纸副刊编辑奖提名奖十名。这个以孙犁先生名字命名的全国性报纸副刊编辑奖的设立,得到了省市级党报副刊界的积极响应和支持,孙犁先生是当之无愧的编辑大家和编辑典范。

2013年,是孙犁先生的百年诞辰,这对于中国文坛,对于喜爱孙犁先生作品的广大读者,包括有志于孙犁研究的专家学者,都是一个值得铭记的日子。在纪念座谈会和论坛上,与会者高度赞扬孙犁先生的人格与文品,评价他卓越的文学成就,以及他在新中国文学史上占有的重要地位。预言随着时间的推移,孙犁先生独具魅力的文字,将会愈加焕发出不朽的光芒。

累述这些往昔,可以看到《天津日报》对孙犁先生的敬爱与推崇,并想起当年这桩桩件件,我大都参与其中,并为之投入了很深的感情。如今,是这部纪念文集重又勾起内心波澜,时间的流水情长义久,让我珍存这么温馨的记忆。

《孙犁先生百年纪念文集》,主要收录了由中国作家协会主办,天津市作家协会、天津日报社、中国现代文学馆承办的"孙犁百年诞辰纪念座谈会"和"百年孙犁·论坛"与会者的部分发言;2012年,孙犁先生去世十周年时,《天津日报》文艺副刊四块专版上的专题文章;2013年,孙犁先生百年诞辰时,《天津日报》文艺副刊近十块专版上的专题文章。此外,还有少量散发作品及未刊稿,共五十余篇,字数约计三十万字。

读者已经看到,《天津日报》文艺副刊为孙犁先生组织刊发的这些纪念专版,其创意之新、手笔之大,都是史无前例的。包括2002年7月11日,孙犁先生去世后,《天津日报》第一时间推出通版纪念画刊及通版回忆文章,"淀水怀远者,砚池惠后人",成为国内报纸副刊界的精彩范例。全国各地的青年作者,不仅视天津日报社为孙犁先生的工作单位,更认可他耕耘的副刊为成长园地,可以成就文学梦想。

这部书的分量,不光在于作者们与孙犁先生的深情交往,还在于写作者各自不同的视角,使得文章别具情味:有书中的孙犁、家人和同事眼中的孙犁,也有获得过精神力量的孙犁,得到过心灵慰藉的孙犁,一起形成作者心目中的共识——平凡的、令人尊敬的、永远不朽的孙犁!

这部书也因此成为具有重要节点的一部专著,不是某一个人的观点、思考和评说,而是众多受惠者的一致论见,他们合集为一位作家做世纪评点,并且同声做答:在作家百年之后,其作品的意旨仍将继续蔓延、深广,甚至更为久长!

感谢这部纪念文集,带给我一份沉甸甸的情意和敬意,并使我对文字突然心生敬畏。从1949年,孙犁先生执犁副刊园地,至今已是六十多年过去,回首这段历史,《天津日报》文艺副刊之所以能有今天的葳蕤风景,得到读者的支持和赞誉,就是因为拥有了孙犁,毫无疑义,孙犁是《天津日报》文艺副刊的一面旗帜。

若干年后,不论纸媒发生何种变化,唯一不变的,可能就是白纸黑字的文字留存。有情有义的文字，常青不老的文字，馨香恒久的文字，记载着一段可以传辈的岁月，后来者会从那些泛黄的纸张中，嗅到蒹葭的清新与荷叶荷花香，记住一张报纸和它的副刊——荷香久远……

2014年6月30日

幸存的调查

《天津日报·文艺周刊》创办于 1949 年 3 月 24 日,迄今已有七十载刊龄,累计见报达到两千七百多期,是自《天津日报》创刊以来办刊时间最长、历史最久的一块文学版面。鉴于此,《天津日报》在 2003 年改版时,为了强化品牌意识,提升《天津日报》文艺副刊的影响力和知名度,在"文艺周刊"版的报眉上,打出了"文学大师孙犁 1949 年 3 月 24 日创办"的字样,以期达到宣传这块版面的效果。但是有同志对此提法提出质疑,认为"文艺周刊"的创办者应为郭小川、方纪和孙犁。

为此,我们进行了档案核查和电话咨询,了解到的有关情况如下:

杜惠(郭小川之妻,2006年7月18日上午电话记录):

　　我今年已经八十六岁半了,比小川小一岁。我的身体还不错,每天坚持游泳一千米。我正在写回忆录。我和小川是在1949年1月14日晚上到的天津,在《天津日报》的工作时间很短,只有四个月左右,随后便南下武汉了。1953年3月,被调到北京中宣部工作。郭小川任过报社编委会编委兼编辑部副主任,分管副刊科,每天晚上都要和方纪、孙犁在一起看稿、审版、定版面,每天总是夜里十一二点才回家。是不是兼管"文艺周刊"不记得了。我那时在记者部工作。请代我问李牧歌等一些老同志好。

李牧歌(《天津日报·文艺周刊》早期编辑,离休前任文艺部副主任,2006年7月18日上午电话记录):

　　关于"文艺周刊"创办者的问题,我听有的同志说过,我觉得现在追究这些问题,挺没有意思的。孙犁当时是管"文艺周刊"的,他为这块版面出过很多力,办讲习班,还写了很多指导写作的文章。

方纪当时是创办的，记得第一期上登载的陈荒煤的文章，就是他约来的，但是方纪很快就调走了。我和孩子们也都认为，既然报纸上已经这样登了，就不必改了，大家也不会计较。不记得郭小川管过"文艺周刊"。

王干之（曾任《天津日报》文艺部主任、编委，2006年7月20日中午电话记录）：

我记得，孙犁一开始就是具体负责"文艺周刊"，方纪不具体管，他主要负责全面，因为还有其他综合性副刊。而且，大约是在1950年底或1951年初，方纪就调到中苏友协去工作了（当时中苏友协地点在重庆道）。

郭小川不分管副刊。

朱其华（曾任《天津日报》副总编辑，2006年7月21日上午电话记录）：

天津日报社的领导机构，是在进城之前就定好了编制，有编委一说，郭小川曾是编委，但是否分管"文艺周刊"不明确。

真正的创办人或说是决策者,应为王亢之、范瑾、方纪。方纪是副刊科科长,他调走后,孙犁升任科长,但三个月之后即离去。孙犁当过编委。"文艺周刊"四个字,最初是方纪所书,在他调走后即改为鲁迅墨迹了。

劳荣后来继任科长。劳荣、邹明都曾经和我说过,"文艺周刊"我们也是下过大力量的,有许多工作都是我们做的。以后如果写社史,一定要真实,实事求是,谁做了工作就应该记在谁的名下。

方纪调离的时间大约在1950年底或1951年初,先去的是中苏友协,任总干事,后到文化局任局长。我当时是报社秘书室秘书,知道的事情有时比其他同志要多。

李夫(曾任《天津日报》编委、《今晚报》总编辑,2006年8月13日中午电话记录):

"文艺周刊"是方纪搞的,他当时是副刊科的科长,郭小川是编辑部副主任,副刊科包括在编辑部里。后来,方纪很快就调走了,孙犁负责副刊工作,文艺他看稿子,看大样。

郭小川1949年4月21日便随四野南下了,他是诗人,不是创办者。创办者是方纪,当时副刊科还有"职工园地"等副刊,实际上都是方纪在管。邹明和李牧歌是跟郭小川一起来的,一进城就在副刊,后来邹明就主管"文艺周刊",他们二人是元老。

孙犁在一篇文章里,曾提到"文艺周刊"不是他创办的,他本人都这样说了,一定要实事求是。

天津市档案馆(2006年7月19日下午):

郭小川、方纪、孙犁均在《天津日报》工作过,但有关他们三人的人事档案,查找起来却非常困难,报社人事处说,有关这部分的资料已经交由天津市档案馆代管。为了核查他们三人在1949年《天津日报》创刊初期的职务情况,只有到天津市档案馆查阅。虽然是查阅报社自己的资料,也还是要开据天津日报社的介绍信。天津市档案馆的档案资料已经文件式管理,报社交付的档案因未归类,调阅起来如同大海捞针,最后只好直接查阅《天津日报》交付的1949年至1979年的永久卷(共209卷),先从库中调出1949年的共计12册档案。

在1949年天津日报社永久卷(人事科·本社组织机构设置及职工名册)卷中,查到报社人员花名册。报社人员按职务顺序排列如下:副社长王亢之、总编朱九思、副总编范瑾、编辑部主任董东、编辑部副主任郭小川、副刊科科长方纪、副刊科副科长孙犁、通联科科长李麦、编辑科科长石坚……

档案材料只能查到这种早期的人事安排，再无其他更详细的材料。

网上资料（2006年7月20日）：

网上资料显示比较模糊，也缺乏准确的时间性，如在郭小川的资料中，只写有"先后任……天津日报社编委兼编辑部主任""担任《天津日报》第一任编委兼编辑部主任"，编辑部主任应为编辑部副主任之误；在方纪的资料中，写的是"1949年1月15日随军进入天津，历任天津日报副刊部部长、中苏友协总干事、文化局长、市委宣传部副部长……"其中也缺乏精确，没有起止时间。

其他情况：

郭小川只在《天津日报》工作了短暂的几个月，但并无具体时间。经查1949年5月31日制表的《天津日报社中灶待遇干部申请登记表》，其中已无郭小川的名字。据此，可佐证郭小川确已在此时间前调离。

方纪的工作时间也是没有调离的具体日期。但据天津市档案馆的电脑资料显示:1951年11月,方纪任天津人民艺术剧院院长。可是遍查网上和四川人民出版社出版的《中国文学家词典》,并未见方纪担任过此职务的文字,后问询天津人民艺术剧院才得知,天津人民艺术剧院于1951年9月12日成立,方纪是天津市文化局局长兼天津人民艺术剧院院长。

据此:郭小川同志在天津日报社的工作时间大约为四至五个月,方纪同志的工作时间约为两年左右。

以上便是他们三人职务及工作的翔实情况。

2006年7月21日

附记: 这篇调查文字,记于十四年前,当时情况记忆犹新。为落实这个调查,我颇费心思,联系到的几位老同志都曾是《天津日报》的创办者,他们的从业经历令人肃然起敬。当我记录下他们的口述,忽然意识到这些回忆将是历史性的,他们对《天津日报·文艺周刊》的创办情况,提供了真实的说明。但让人痛惜的是,目前他们之中已有三位老人相继去世了,这就使得这篇调查文字,更具有了史料价值。

今年7月11日,是孙犁先生去世十八周年忌日,为此,我写了《孙犁先生三章》作为纪念。文章共分三个小题:"我的教科书""重温我和'文艺周刊'""编辑是终身职业"。原想是在第二个小题中,加入这篇调查的内容,但因篇幅所限未能如愿。尽管如此,这仍是一篇值得存念的文字,因为他们讲述的往事和历史的存档,是党报创办史上光荣的一页、永存的篇章。

2020年8月2日

孙犁先生三章
——孙犁先生逝世十八周年祭

我的教科书

　　孙犁先生曾于1979年签名赠送我一本《文学短论》，之后又于1983年签赠我另一本《孙犁文论集》，而在此之前，我还自购了一本《文艺学习》。从出版时间上，这本《文艺学习》出版得最早，得来也颇有机缘：1976年唐山大地震之后，天津日报社资料室受损，部分图书内部出售，在报社多伦道家属院一间平房内，堆积了一地的书籍，我从中挑选了茅盾、老舍、周立波等作家的著作，其中就包括这本被我视为珍品的孙犁著《文艺学习》。

这三册不同时间、不同版本的孙犁著述，成为我自学报纸文艺副刊编辑业务最早受益的教科书。《文艺学习》是上海文化工作社1953年出版，《文学短论》《孙犁文论集》则是人民文学出版社出版于1978年和1983年。我将它们置于案前，作为非常珍爱并时常需要学习的工作用书，在我从事报纸副刊编辑工作初始，它们切切实实地起到了业务学习读本的作用。

这三本书都与写作、编辑和报纸刊物有关，在编务之余，研读、咀嚼书中篇章感到特别受用，就像是副刊编辑工作的具体指导，是名副其实的编辑学教材，有些精髓的东西便深深地印刻在脑海里。我那时非常崇拜孙犁先生有过那么非凡的编辑经历：1941年春，冀中人民开展"冀中一日"写作运动，稿件需用大车拉着打游击，孙犁担负了极其艰苦的编纂工作，并将编稿心得写成辅导抗日军民文学入门的参考书……这样的经历，已然超越了单纯的编辑工作，那是属于孙犁的青春年代，是生命中初绽的热情与激情，这浴火的铭记将烛照人生长旅——它不灭！

《文艺学习》是竖排版，共分描写、语言、组织、主题和题材等四章，所有内容都具有针对性。例如，列在书中第二章第二节的"好的语言和坏的语言"，就是极为精彩的生动讲解。什么是好的文学语言？有的作者却不谙此道，构思、想法、创意要靠语言体现，人物、故事、情节也要靠语言表述，没有好的语言引领，作品就不会吸引读者，有时与作者谈到写作，我常会提及孙犁先生的语言，要学习、借鉴好的语言，有了好的构思和故事，还需要把它们讲出来、讲精彩，作品如果没有过硬的语言，便不会有可读性，不会打动读者，不会引人入胜。编辑看稿，首先是要读得下去，开头是否就能被作品所吸引，这就要看作者语言的功力，啰嗦、絮叨、卖弄，绝不会成就一篇好作品。

书中的讲授是循循善诱的，不是那种颐指气使，孙犁先生从编辑角度指出作者的不足，应该从哪些方面有所努力，这是最切合实际的指导。"文艺周刊"每天都要面对大量来稿，为了提高作者的写作水平，我曾经在面向通讯员的《天津日报通讯》上，写过一篇专谈文学语言的文章，引用了《文艺学习》中的一段话："从事写作的人，应当像追求真理一样去追求语言，应该把语言

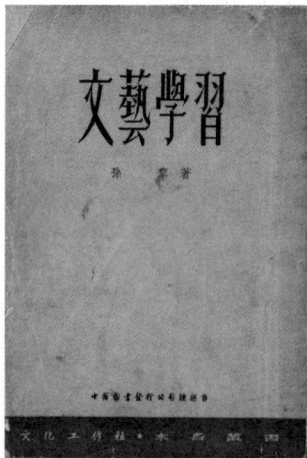

孙犁著《文艺学习》书影

大量贮积起来,应当经常把你的语言放在纸上,放在你的心里,用纸的砧、心的锤来锤炼它们……"这段话十分精辟,是经验之谈。曾有人说,孙犁的作品不用改动一个字。发表后确是这样的,可是有多少人见过他的原稿呢?那上面也是改动颇多的,字字斟酌、句句推敲,及至都能将自己的作品背诵下来。发表出来的文章,他都要从头至尾地再读一遍,哪怕有一个标点被改动,他都会看得出来。

1979年春天,一天,在孙犁先生家中,他取出一本《文学短论》,先在扉页上签名,然后将书装入一个旧信封,脸上带着笑容递到我的手上,说:"小宋,你拿去看吧。"

我非常喜欢这本《文学短论》,它白色封面,简约、秀气。我不仅重读了书中的有关篇章,还重点读了《论培养》。这篇写于1953年的文章,其实是对"文艺周刊"办刊方针的确立、阐释与引申,在经历了四年左右的办刊实践之后,孙犁以非常洞见的眼光,提出了作家的培养问题,特别是对于

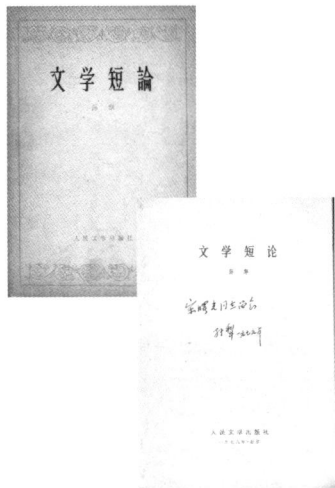

孙犁赠书并题签

新的作者的培养："我觉得一个文艺刊物的编辑,实际上负着这方面的光荣的责任。"这种责任就是实际的帮助和具体的指导,孙犁充分认识到党报文艺园地的重要性,强调对待作者和稿件的态度,确保"文艺周刊"传统得以传承。他身体力行、辛勤耕耘,终身不卸园丁职责,他的这些办刊理念,是新中国报刊史具有创建性和经典性的辉煌建树。

《孙犁文论集》是精装本,内容丰富,收入了截至1982年之前的所有文论,包括《文学短论》中的篇章,有些作品先在报刊上发表时影响就极大。记得《左批评右创作论》在《天津日报·文化园地》发表后,文艺组的编辑们热衷议论,认为这篇文章大胆尖锐:老孙还写过这样的文章(写于1956年,刊发于1979年)。那个时期,我们称呼前辈都要加个老字,"老孙"就是大家对孙犁最为亲切的称呼。《文艺评论改进要点》是应编辑之约,特意为《天津日报·文艺评论》版所写,稿到之日,编辑都很兴奋:老孙为我们确定了版面宗旨。

孙犁赠书并题签

《孙犁文论集》分五辑:关于

文艺学习和创作基本问题的探讨、关于各种文学体裁的看法、对当代作家作品的评论、对古今中外经典作家作品的研究、有关作家自身生活和创作回顾。书中所收文章,均与文学创作有着直接关系,是孙犁有意为之吗?是,亦不是。孙犁在文学创作方面有很高的成就,在文学评论和文艺研究等方面,同样有着很深的造诣和贡献,对于青年作家的培养与扶植,已经形成系统论述并占有相当比重,借用编选者金梅、李蒙英所言,这"表现了高尚的为文之道和孜孜不倦的园丁精神"。

从这些教科书中学什么?学做编辑之道:从学养到品德,从作风到人品,从严谨到奉献。这些不是在课堂上可以学到的,要在工作中学以致用。在如何对待作者和稿件问题上,不同刊物、不同编辑,会有不同的表现和做法。对于报纸副刊园地来说,编辑的尽职尽责相当重要,一篇好稿,从初审到见报,至少要经过三到五遍的校阅,那些需要修改的作品,所要付出的精力更可想而知了。拿小说来说,如果基础可以或内容尚可,但个别情节、具体段落需要修改,有时要与作者多次沟通,陈述编辑的想法和改动的地方,如此往返,没有耐心不行,缺乏热情也不行,一篇好作品往往就是这样诞生的。

要做一个好编辑,日常的工作时间是远远不够的,那些等待修改的稿子永远没完没了,你要为它们想构思、想细节、想标题。改过的稿子回来，不满意的地方还要再加工，这就是说，你在稿子上的工作永远做不完。可以放松、懈怠一下吗？可以，那么你的版面上就会"水"，就会被眼高的读者所指摘。我曾听孙犁先生说过：南方一家报纸的编辑，每次给他寄赠样报时，都要附上一封用毛笔书写的信件。那口吻中带有明显的赞许。

　　1985 年、1988 年，孙犁先生还赠予我《编辑笔记》和《耕堂序跋》两本书。老人的关心，让我有了学做一名优秀园丁的勇气和信心。每当阅读书中那些关于编辑的论述，看着上面熟悉的签名，都像是与一位慈爱的老人在交谈，那亲切的话语带

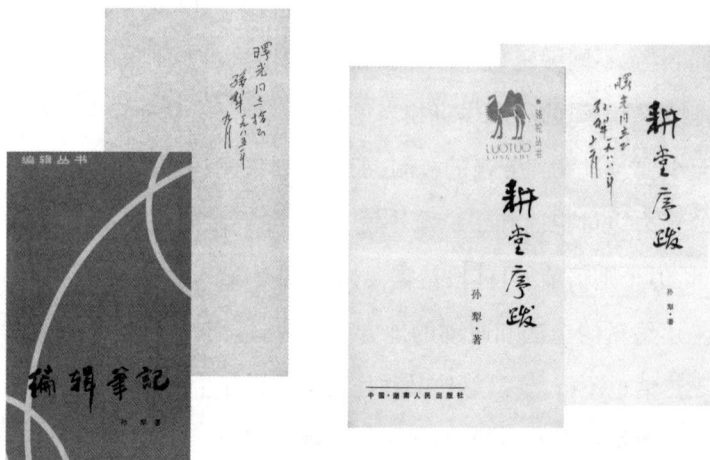

孙犁赠书并题签

着中肯、善意、真诚,这些话没有虚妄,不含说教,与熟稔的家乡话一样,带有常听常新的荷叶荷花韵。

我将这些书作为业务学习的教科书与人生读本,从中读出了一位编辑前辈的生命历程,他对所从事事业的敬爱和对文字的敬重,比大学课程更直观、更生动、更丰富,每一篇章都比课堂教程更细分,因为这是由讲授者亲笔撰写,来自第一手资料,不用任何参考书,更不需要引证,为此,我敬称它们为最富文采的报纸文艺副刊高等讲义。

重温《我和"文艺周刊"》

孙犁先生的《我和"文艺周刊"》,是在《天津日报·文艺周刊》创办一千期纪念前夕,我和李牧歌到他家中,汇报纪念专版的组稿情况时,孙犁应约而写。此文在1983年5月5日"文艺周刊"千期纪念专版上发表,其后影响日渐深远,被研究者列为重点篇目。

孙犁对"文艺周刊"感情真挚,这是他进城之后参与创办的最重要的党报副刊园地,一生无悔,最终成为晚年的文学寄托。《天津日报》1949年1月17日创刊后,辟有"副刊",3月24日,创办文学版面"文艺周刊",明确以繁荣现实主义文学、培养文学新人为己任的办刊方针。"文革"期间被迫停刊。1979年元月,"文艺周刊"复刊,并接续停刊前期号。后来我才知晓,文艺组重新调回邹明、李牧歌夫妇,是当时报社主要领导与孙犁共同研究、商量的结果,老同事、老部下重回报社负责文艺副刊工作,孙犁似乎放心了许多,对副刊的工作更加关注。那时作为"文艺周刊"主编的李牧歌,从业务上充分信赖、仰仗孙犁,每有版面上的想法,包括重要稿件的组织、策划,都要去请示孙犁,听取他的意见。"文艺周刊"复刊不久的5月24日,便编发了"怀念诗人郭小川专号",这块专版,就曾认真听取过孙犁的意见。

"文艺周刊"出刊一千期纪念,是一件大事。我们在孙犁家中,李牧歌先谈了具体的组稿情况,提出想约华君武画一幅漫画。孙犁表示同意,当即便给华君武写了约稿信,并叮嘱一定要由专人送到。4月28日清晨,天降大雨,我7时半刚到报社,李牧歌便叫我再给华君武打长途电话催问一下画稿。电话拨通后,华君武说:"我的画已经画好了,今天便可寄出。孙犁同志的信,不要再派人专送,邮寄就可以了。"这就是后来刊登在"文艺周刊"千期纪念专版上的华君武的漫画《硕果一千》。

《我和"文艺周刊"》是一篇重要的、极有价值和研究意义的文章。说它重要，是因为孙犁先生似有先见之明，在文章中早早回答了若干问题，对这块自己倾注过心血的文学苗圃，寄托了无比的深情和期望；极有价值，是对他自己所从事职业的回顾与定评，对某些提问做出了客观而实事求是的回答；研究意义，"文艺周刊"是孙犁自《天津日报》创刊后就一直负责编辑的版面，在几十年耕耘中所形成的编辑思想、编辑艺术和编辑风范，已是新中国报纸副刊研究的显要选题。

孙犁先生回忆了当时副刊科的情况。从创刊初期的1949年至1956年，他在副刊共刊登近百篇文章，包括工厂、农村速写，访问记，文学短论，长篇连载《风云初记》等，还要为工人文学讲习班授课、为副刊写作小组写讲稿，可以说，他是全身心地投入到编辑工作之中。而且，"文艺周刊"创办不久，他的两位上级就先后调离，孙犁却自始至终身在副刊、编辑副刊。尽管中间有过养病、经历"文革"，但他从没有改过身份、变过职业，到了晚年，人在家中，也保持着与外界的联系，为青年作家看稿、荐稿，写读稿记，他独具慧眼的发现，往往会给文坛带来惊喜。后期病重住院，依然有受过他恩泽的晚辈作家前往探视。他为《天津日报》文艺副刊工作了五十三年，这样的编辑经历恐再无人可比。

在文章中，孙犁先生有谦虚的成分，"不能贪天之功"，几十年间,他没有离开过这块园地,精神和情感一直胶滞在这里,文艺副刊的版面每天都在看和读,这是有证的事实。"文艺周刊""满庭芳""文艺评论"及《文艺》双月刊(前为《文艺》增刊),哪块版面没有留下他的心血? 否则,怎么会有《读一篇散文》这样一篇为贾平凹发表在"文艺周刊"上的《一棵小桃树》而写的评论文章? 而且是在见报当天便写了出来。铁凝的小说《灶火的故事》,如何刊登在《文艺》增刊上? 正是经孙犁举荐,才使作家坚定了继续写作下去的决心……

孙犁先生还颇有感情地提出了五点希望和要求:"文艺周刊"应该永远是一处苗圃;要努力办出一种风格来;欢迎有生活、有感受的现实主义文学作品;正确对待作者;提高编辑修养和水平。这是承前启后的希望和要求,站在千期纪念的节点上,孙犁自然有了更高的期待。

早在1953年2月28日,"文艺周刊"出刊二百期时,《人民文学》杂志社刊发消息:"《天津日报》'文艺周刊'出版二百期,它是全国报纸文艺副刊中办得比较好的一个……"《人民文学》为一家地方党报文艺副刊做宣传,并不多见。就是在这年的下半年,孙犁在"文艺周刊"发表了那篇《论培养》,他一定是从自己的办刊经验中受到启发,有了深刻想法才提出青年作家的培养问题,这一思想至老年时升华到极致。

2002年8月8日，"文艺周刊"出刊两千期，孙犁先生刚刚病逝，他再也不能听取纪念专版的策划了。从创刊之日到一千期、两千期，半个多世纪的风雨途程，"文艺周刊"成为国内报刊界的品牌副刊，以高尚的情操和丰富的文学之美，提升了读者与城市的文化品位。在由中国作家协会创研部、中国报纸副刊研究会、中国新闻出版报、天津日报社联合举办的"市场经济条件下的文学与报纸副刊暨文艺周刊2000期纪念座谈会"上，这种"文艺周刊"现象，得到与会者的高度共识。

"文艺周刊"自复刊到一千期、再到两千期，我经历了编辑的全过程。在编辑前辈面前，不能有丝毫的停滞与懈怠，我们编辑出版了《半个世纪的精彩：文艺周刊散文精选》一书，并举办了"文艺周刊"高级培训班。2009年，"文艺周刊"创刊六十周年纪念，在纪念专版的大样上，值班编委批示："看后很受教育，多么优良的传统啊，我们千万不可丢掉。"2019年，"文艺周刊"创刊七十周年，我们编辑了《文艺周刊70年精品选（上下）》，分为散文和小说卷，共计七十五万字，前辈园丁的耕作，结出了丰硕果实，这是已有七十载刊龄的"文艺周刊"，不忘初心的一次检阅，更是薪火传递的一次新征。

有一段时间，在"文艺周刊"版的报眉，打出过"文学大师孙犁1949年3月24日创办"字样，有同志曾对此提出质疑。

为此,我领命对这个问题做了档案及电话调查。在天津市档案馆查阅1949年天津日报社永久卷,查到报社人员花名册:编辑部副主任郭小川、副刊科科长方纪、副刊科副科长孙犁。经反复核查:郭小川在天津日报社的工作时间大约为四至五个月,方纪的工作时间约为两年左右。同时,还电话问询了包括郭小川夫人杜惠在内的五位老同志,时在2006年7月。

现在,这个问题已经不再重要,孙犁先生以他的实绩、成就与风范,早已是编辑同仁眼中的楷模、榜样,更是师长、前辈,这种尊崇近在身边,晚学后辈莫不心怀敬意、受益终身。

编辑是终身职业

1949年1月,孙犁先生迎着解放的炮火进入天津,参与创办《天津日报》,结束了之前艰苦的游击生活,这成为他人生和事业的转折点。他曾在《我和"文艺周刊"》中说:"我做工作,向来萍踪不定,但不知为了什么,在《天津日报》竟一待就是三十多年……"从那时至2002年7月11日病逝,又是十九年过去了,天津日报社应该是孙犁先生的福地,在这里,他不仅写出了不朽的精品名篇,而且有约百万字的作品,首发在《天津日报》文艺副刊。《天津日报》给予他的爱戴、关怀是无价的,而他以自己的人品与文品,为《天津日报》文艺副刊赢得了永久的骄傲。外界曾羡慕《天津日报》拥有孙犁,是的,孙犁一生从事过三种工作:编辑、教员、写作。教员时间短,而写作从不在专业作家编制,编辑生涯最长——他的名字始终记载在天津日报社人事档案里。

孙犁先生在《关于编辑工作的通信》中说:"我当编辑时,给来稿者写了很多信件,据有的人说,我是有信必复,而且信都写得很有感情,很长……我自己听了,也感慨系之。"这就是编辑作风的延续,他不再坐班后,就在家中看稿、写信,做的仍然是编辑工作。没有人能想到,像孙犁这样一位作家,为作者们写了那样多的书信,这并不是每个作家都擅长且乐于去做的。孙犁不是这样,他不但认真阅读青年作家的新作,而且积极推荐。这里面饱含一种编辑情结,看到了优秀作品,编辑有义务推介给更多读者,这是职业编辑的修为与责任感。

在《文学短论》增订本后记中,孙犁先生说:"自己的工作,一直是编辑文艺刊物,或从事文艺教学。工作中有所体会,愿意发表出来,和同志们讨论,养成了一种习惯。"

外界或许忽略了孙犁的编辑身份,面对着慕名而来的青年作家,他用编辑眼光读作品,用编辑笔法写读后、点评、推荐,这类文章短小、准确、漂亮,言之有物,又具千钧之力,也易于报纸刊登。文章一经发表，便会因孙犁的声望而产生影响，这无疑是对青年作家的巨大鼓舞。《天津日报》是他的大本营，来来往往的信件多是从报社收发室收取的，他与外界交流、沟通，有段时间常用快速、便捷的明信片，这似乎成了孙犁的专有方式。那些年，他究竟有过多少此类通信？民间还有多少远未征集到的信函、照片等，这为孙犁研究留下了再深入的空间。

孙犁先生曾为两度并肩工作过的老部下邹明，写过一篇《记邹明》，为邹明的先行逝去深感悲痛。而邹明在负责《文艺》双月刊期间，对孙犁更加敬重、更为默契，我就多次在邹明家中听到，只要对稿件有了不同意见，他和李牧歌老两口必定有一方会说："就听孙犁同志的吧。"《文艺》双月刊的致读者、作者和辟栏说明，以及缩短刊期、更易刊名等启事文稿，皆由孙犁撰写。这些本应是主编执笔的文字，均请孙犁代办，并且从不具名，全部以编辑部名义刊发。这已经不是一般意义上的支持，而是近乎在行使主编职责。孙犁在写这些文字时，必定熟悉刊物情况，心中有数，因而心情也是愉悦的，这种文体他在战争年代编辑《平原杂志》时就曾写过，现在重操旧业，他一定感到非常惬意。在晚年，仍能为自家刊物做一些编辑工作，让他感到由衷的快慰。

那时在我们眼里,孙犁先生有着格外的亲切感,他的文稿只要发表在《天津日报》副刊或刊物上,大家都要争先阅读,类似启事、稿约那样的短文,编辑都是当作范文来学习的。而编辑们版面上有事,他也总是乐于帮助,不仅为我个人修改过文稿,还替我写过几次约稿信,与我就编辑工作做过一次深谈。这些都是不能忘记的,因为老人平时看书、写作,我不忍心常去打扰。于是总想着能帮老人干点什么,捎份报纸、寄封挂号信、代取稿费,有一个时期,我按时去为老人理发……我喜欢老人室内那盆淡淡的水仙、墙上的字画、简朴的书橱、待客的方桌、窗前宽大的写字台……老人除了写作,就是继续他的编辑工作,所不同的是,他是把办公室搬到了家中,而且是利用离休后的晚年时光。他从来没有"编外"过,始终都是《天津日报》文艺副刊的一员。

编辑作为孙犁先生的终身职业,不是止于离休后的工龄,而是直到生命之所终。身为作家,他的作品已经传世,在他逝世后的十八年间,文坛仍然延续"孙犁热",各种版本、选本的孙犁著述不断出版,以孙犁先生名字冠名的文学奖项,参赛作者人数逐年增长,各地有关孙犁研究活动屡有举办,包括孙犁纪念馆仍有新的辟建……每一位读过孙犁的人,都会有温暖的故事,犹如燃亮心灵之灯——温润、透彻、朴素,这是大师的底色。

像孙犁先生这样既是作家,又当过编辑,并于后期守护着一块版面和一本刊物的为数不多,孙犁先生之所以成为大家,以上三要素缺一不可。他有丰富的编辑工作经验(看稿准、提携准)、作家本质(多种文学体裁皆有精品)、编辑刊物(以发现扶植青年作者为己任),在这三方面,他的成就最大,功德最显著。

从孙犁先生病重不能为文,到后来病逝,无疑是中国文坛乃至新闻界的巨大损失,为缅怀和纪念孙犁,2002年8月,在《天津日报》举办"文艺周刊"两千期纪念座谈会期间,中国报纸副刊研究会与《天津日报》共同商议,拟设立孙犁报纸副刊编辑奖。同年10月,副总编辑滕云和我专赴福建武夷山参加中国报纸副刊研究会年会,我将会议首日通过的议案写成消息,刊登在10月14日《天津日报》一版:《津报集团动议 中国报纸副刊研究会年会决定 设立孙犁报纸副刊编辑奖 这是以文学大师孙犁命名的全国报纸副刊编辑最高奖》。

这个已被中国报纸副刊界高度认可的奖项,经过了多年努力,直到2011年秋天,终于由中国报纸副刊研究会与天津日报社共同携手,有了最终结果:评选出以《天津日报》为首的孙犁报纸副刊编辑奖十名、提名奖十名。孙犁先生作为党报文艺副刊的早期创办者,以超越六十年的新闻实践,为党报文艺副刊建设提供了丰富而宝贵的经验,这既是《天津日报》的荣耀,更是新中国新闻人的优秀代表,这个奖项的设立实至名归,是报纸副刊界的一致认同、共同心愿。

正如2003年1月,天津日报报业集团为孙犁先生塑像的铭文:文学大师、杰出报人、卓越编辑。任何人只要拥有其中一项桂冠就堪称大家,但孙犁完全超越了这些,这种超越还在于他人格的力量……作为中国报刊史一代编辑典范,孙犁贡献卓著,当之无愧。

在孙犁先生离开我们十八年后的今天,他的作家地位与编辑功绩,日益彰显,相得益彰。他为党报文艺园地的心血奉献,是开创性与奠基型的薪尽火传,是"扶犁执耨,播种耕耘"园丁精神的真实写照。

2020年7月7日定稿

我读《风云初记》

当我写下题目《我读〈风云初记〉》时，心中不禁万般波澜。自孙犁先生去世，虽已近二十年，但他的影响和著述仍在日益深入，尤其是在文学研究领域，读不尽的孙犁已经是专家学者们达成的共识，并不断有颇具见地的新作问世，而相对文学爱好者来说，孙犁和他的作品，更是为几代读者留下了心灵的记忆。

我读孙犁始自20世纪70年代末，与一般读者不同的是，孙犁先生是我的编辑前辈，《天津日报》的创办者、党报文艺副刊的早期创始人，血脉传承，读他的作品自会有一种天然的亲切感，无论是初读、重读，还是再读，每一次都会生发不同的感受。2021年是中国共产党成立一百周年，在这个重要的历史节点,孙犁先生的以抗日战争为题材的长篇小说《风云初记》,再次被列入红色经典书目,这是孙犁先生写作生涯的荣耀,也是新中国文学事业的辉煌篇章。

孙犁先生的早期作品,多是孕育自战火硝烟,经受过血与火的检验,是对时代风云、历史大潮的真实再现和描摹。我读孙犁之初,是将所有作品都视为范本来读的,比如小说,最早读过的是短篇小说《荷花淀》,其后是中篇小说《铁木前传》,再后便是长篇小说《风云初记》,前两者都是完整的阅读,而《风云初记》则是先从报纸上断断续续读到的。那是20世纪80年代初吧,我已在《天津日报·文艺周刊》做编辑,时常要到资料室去翻《天津日报》合订本,从1949年1月17日创刊号开始,逐天、逐月、逐年地翻,就为看每周一期的"文艺周刊",看版面、看编排、看作家和作品,其实是在看由郭小川、方纪和孙犁等创办的这块党报文艺园地的风格与品位,看选发优秀作品的眼光,看编辑前辈们的文学涵养。翻着翻着,就看到了孙犁的名字,看到他一篇接一篇的作品,有一天,就翻到了孙犁先生的小说《风云初记》。这才知道,《风云初记》是先在《天津日报·文艺周刊》上连载,这一发现让我感到兴奋,以后只要有时间,就会去资料室翻阅合订本。在那个年代,《风云初记》这部描写抗日战争的长篇小说,留给我的初步印象是诗意的,我喜欢那样的文字,喜欢阅读时心中涌动的新奇感觉,也因为是以连载形式出现,小说从人物到故事都张扬着战斗的激情,每一节的结尾都留有悬念。

　　孙犁先生的《风云初记》,是从1950年9月22日开始在《天津日报·文艺周刊》上连载,之后是每周连载一次,至1951年9月9日,继连载了第一集、第二集后暂停,历时一年。1953年7月9日,开始连载第三集断片(1-5),1956年7月5日,再连载第三集部分断片时,题目改为《家乡的土地——

1950年9月22日,孙犁长篇小说《风云初记》第一次在"文艺周刊"登载时的报影

〈风云初记〉三集断片(6-10)》。至此,这部小说在《天津日报》共连载了三十二次、约计二十万字,是小说的绝大部分,如此密集的连载频率、每期几千字的篇幅,立即引起读者的喜爱和出版社的关注。

1951年、1953年、1955年……在全书尚未完成的情况下,人民文学出版社便出版了《风云初记》第一集、第二集的单行本。1956年,孙犁先生感到身体不适,暂停写作。1962年春季,病稍好便编排章节并重写尾声,作为自己的唯一一部长篇小说,孙犁先生对这部书的创作、出版付出了颇多心血,他曾在《为外文版〈风云初记〉写的序言》中说:当我的家乡,遭遇到外敌侵略的时刻,我更清楚地看到了中华民族的高贵品质,更深刻地了解到中国农民勤劳、勇敢的性格,在最困难、最危险的时候,他们也没有低下头来,他们是充满胜利信心的。这种信心,在战争岁月里,可以说是与日俱增的。

此时可以说,一直酝酿在孙犁心头的、想写一部较长的小说的想法,终于有了实现的可能。1949年,孙犁先生伴随天津解放的炮声,进城参与创办中共天津市委机关报《天津日报》,彼时,战争的硝烟已经散去,较之在动荡年代奔波在山地的编辑工作,在进入天津之后算是安顿下来,他的心中开始涌起创作的欲望,人物和故事时时浮现在眼前,战争年代的颠沛流离、冀中平原军民抗战的英勇场景集聚在笔端,他要展现在党领导下的家乡军民的爱国热忱,让那些献出热血、甚至生命的善良而可爱的人物,永生在时代的风云里。他把小说发表在自家的《天津日报》上,那样会写得顺手,刊发也便当,事前都不用任何计划和情节安排,就这样随写随发,小说情景就像泉水一样,在孙犁先生笔下流淌开来。

《风云初记》从七七事变起笔,以冀中平原滹沱河沿岸村庄为背景,讲述了在共产党领导下组织起来的人民武装,建立敌后抗日根据地的曲折故事。小说写得颇为顺畅的原因,是写作储备的充分和酝酿的成熟,更出于作家高度的责任感、使命感。孙犁先生在《文字生涯》中说:"抗日战争,在中国共产党领导之下,是有枪出枪,有力出力。我的家乡有些子弟就是跟着枪出力抗日的。至于我们,则是带着一支笔去抗日。"在《风云初记》中,他深情地描绘了滹沱河水的涛声、亲人们的呐喊、抗击侵略者的枪声,塑造出多个鲜活的人物形象:长工芒种毅然参加了八路军;勤劳、善良、勇敢的农村女孩春儿,在革命时期迅速成长,光荣地加入了中国共产党;青年学生李佩钟,挣脱家庭束缚投身革命……孙犁先生创作的抗日小说,是时代与个人经历的完美真实的结合,是对时代和故乡人民的歌赞。

直到读全了《风云初记》，多年来萦绕在心头的小说情节、人物命运，终于有了最终的结局，我甚至羡慕过芒种、春儿生活的时代，向往那片乡音淳厚的土地。现在，他们不是依然青春吗？他们为之战斗、生活过的地方，留在了历史的画卷里，他们的爱情是美的永恒，养育过他们的乡土生长着未来，永远响彻着新时代的足音。

　　从1950年连载至今，已是七十多年过去了，《风云初记》已由多家出版社出版了多种版本，包括文集中的小说全本。这几十年间，尽管有过风雨、坎坷，评论界还是给予了很高的评价，这是历史做出的公正评判，更是《风云初记》自身生命力的体现。孙犁先生一生的创作，没有脱离时代，没有远离民众，他的为人生的文学创作，一直行进在现实主义文学创作道路上，他的作品易于为读者所接受，一代代读者从中得到美的感召、艺术的享受、心灵的净化。《风云初记》是孙犁终身作品的一部分，是孙犁文学之路的一段里程，是一块高竖的耀眼的碑石。

　　回想几十年前，我从报纸上初读《风云初记》时的情景，心中仍有热流升起，那是《天津日报》首次刊发小说连载，并标明连载字样，这种在正版版面上连载作品的做法极具胆识，足见报社对孙犁先生这部小说的关注和重视。每期连载，还由美术组编辑、画家林浦配有插图。这组黑白插图,是林浦先生对小说的再创作,画面朴拙,韵味无穷,文与图相得益彰。可惜的是,这组珍贵的插图原作,连同孙犁先生用毛笔竖写在稿纸上的《风云初记》手稿大部分遗失了,令人深感惋惜。

记忆是可以永存的。尽管当年的报纸已发黄、变脆,但那铅字竖排的版式,仍在发散着的淡淡墨香,都在证实一个事实,那些文字依旧温热,只要去读它,就会有一种让人动情的力量。这是报人独有的嗅觉和敏感,那些旧报纸发出的窸窸窣窣的声音,让我穿越时空重回激扬情怀的岁月,仿佛看到了当年只有三十多岁的孙犁先生,满怀对家乡人民的挚爱深情,日夜赶写他最喜爱的抗日小说,他要在作品中,写出故乡亲人的爱与恨,把他们真实的生活记录下来,以此反映那个伟大时代、神圣战争。他的愿望实现了。

自孙犁先生去世,每到他的诞辰、忌日,我们都会在副刊版面上,组织、刊发一些怀念性文章。在中国共产党成立一百周年之际,我写下这篇《我读〈风云初记〉》,仍是这种崇敬之情的延续。重新品读这部熟悉的作品,眼前便又出现孙犁先生的身影,他的笑声还是那样爽朗、洪亮,带着清新的乡土韵。恍惚间,他端坐在房间的书桌前,在送给我的新书上题签……时间真的过得这样快吗? 孙犁先生离开我们竟已是第十九个年头了,他的音容还是那么鲜活,话语还是那么熟稔,他跟我们交谈时的情景,就好像发生在昨天一样……创作有经典作品的孙犁先生,必定是不朽的!

2021年4月15日

歌一起到北京拜见过舒群、张志民、萧军、廖静文、黄树则等人，请他们为"文艺周刊"写稿。有一次，我们到北京办完事，天色已晚，只好临时住到中国青年报社的一处地下室，那里楼梯陡峭、环境潮湿，我直担心牧歌是否能够吃得消。后来知道，牧歌还是平足，像到北京约稿这样的苦差事，她要忍受多大的痛苦。

当编辑首先要耐得住寂寞，对待稿件要认真、严谨，这些编辑的好作风、好习惯，牧歌都是通过自身做出了表率。在编

1982年7月23日，天津市文联二届二次扩大会议，在市友谊俱乐部举行，图为茶话会会场：左一为邹明、左二为柳溪；右一为本书作者、右二为李牧歌

辑岗位上,邹明和牧歌这对夫妇对工作的专心和业务上的精湛,体现了党报副刊编辑的优良传统和作风。那一时期,牧歌坚守报纸副刊版面,邹明则专职《文艺(增刊)》。我那时年轻,工作努力,加上有些给"周刊"写稿的作者,同时也是"增刊"的作者,所以每当外出约稿,他们都愿意带上我,也算是一种传帮带吧。那些年,我既和牧歌多次出差去北京,也和邹明去过武汉,到过石家庄。他们不仅与作家们建立有牢固友谊,也格外敬重孙犁先生,每当有了不同意见,就以孙犁先生的建议为准,一块副刊、一本期刊,遇有重点稿件或重要策划,必定请示孙犁先生。比如《文艺(增刊)》的致读者、作者和辟栏说明,以及更名、缩短刊期启事等,就是请孙犁撰写;又如1983年5月,"文艺周刊"出刊一千期,纪念专号的设想和准备约请的作家名单,包括想约华君武画一幅漫画的想法,也是一并请示孙犁先生,请他定夺后再具体实施。

牧歌是离休,在离职之后她多少感到了生活上的寂寞,尤其是邹明病逝,对她的打击更大。于是,读书和写作便成为她主要的日常内容。她喜欢读外国名著,一本《简·爱》她读得很精细,并且常把读书心得写信告诉我。读书之余,她开始了写作,在我的记忆里,牧歌在编辑岗位上只写过一篇散文《母爱》,发表于1984年第9期《散文》月刊。这篇散文是写一位母亲,在雨中怀抱婴儿穿越泥泞的情景,不仅文笔细腻,观察也极为精细。我那时曾想,牧歌的文笔这样好,为什么不多写一些呢?

那个年代,文学刊物对自家编辑的作品,有着不成文的规定,有的鼓励写作,认为可以提高刊物的声誉,便于编辑约稿;有的则不予提倡,认为常发编辑作品会降低刊物水平,有近水楼台之嫌。牧歌是倾向后者的,对副刊编辑自己的稿件把关甚严,这多少也制约了她个人的写作。我常常遗憾,若凭牧歌的文学修养,她是能在精力旺盛之年,写出一些好作品的。

1993年3月18日,牧歌捎信给我:"读'文艺周刊'上滕鸿涛的文章,心潮澎湃,情不自禁地想起许多往事,仿佛已'越千年'。感激你动用了那块版面,让我们有回溯过去的余地。同时也感激滕没有忘记我们,很想给他写封信,请告知地址。小宋,我常常想到你,你那时心地纯净,不善言谈,工作严谨,孜孜不倦。我喜欢你。希望你多在创作上努力,你有自己的优势,时光逝水,要紧紧把握时间。"

我从1976年开始诗歌创作,平时喜欢写诗。为怀念我和牧歌共同工作过的日子,便以她为题写了一首诗。1994年1月18日,牧歌来信说:"小宋,你曾以我为原型,写过一首颇为深刻的诗作。我珍惜它,曾剪下,后来因忘记贴到本子里遗失了,请你在得便的时候,复印一份捎下好吗?"

这首诗题为《记一位老编辑》,刊登在 1989 年 11 月 23 日"文艺周刊"上。

　　她一生的职业就是编辑/在稿件上尤其严肃、认真/她写给作者的每一封信函/总是用娟秀的蝇头小楷/她倾注在版面上的心血/便是她生命的奉献//她联系过几代的作者/同他们有着真诚的交往/她待人不善热烈的言辞/也没有过分的寒暄/全部感情都浇洒稿件上/这使她成为作者的知己//我是她带出的一名学徒/曾经一起为办好副刊辛勤奔波/我们在大作家的寓所/吃过极简朴的午饭/也同青年作者在餐馆里/倾谈过文人的友谊//她留在我记忆中的形象/是一种珍贵的财富/她对我曾经有过的严格/教我迈出一串踏实的脚步/而今我在工作中现出惶惑/就想起她那熟悉的絮语//唯有现在,我更应该祝愿/她的晚年能够幸福/因为我是一个晚辈/曾承受过她充满热切的期望/那是一段无悔的时光/使我完成了人生的选择。

这首诗后来收入我的第一本诗集《迟献的素馨花》。牧歌在收到我的这本诗集后,于1997年2月26日捎信说:"收到你的诗集,很高兴。虽是小小一集,托在手里,觉得很重。这是你长途跋涉后,心血与智慧的结晶。我先读几首,觉得你无论是对爱的眷恋,或颂物怀人,感情都是亲切、诚挚的,文字简朴无华。有许多独具匠心的句子,令我赞美。"

那期间,我曾多次给牧歌打电话,想去看望她,但都被她一次次地谢绝了,她强调自己身体不好,不想见人,可她又不断地给我写信、打电话,诉说自己的心里话。

2004年11月15日中午,我正在班上,接到一个电话,听声音是牧歌打来的,但前几句称呼显然不是找我。我通报了姓名后,牧歌说:"曙光啊,我打错了,是想找我女儿丹丹的。我现在身体很不好,昨天医生刚刚来过。我只对你这么亲近的人才说这些。我每期都看你编的版面,看得出你是付出心血的,这是大家有目共睹的。现在副刊确实不好办,你写的东西我都看了,你现在写得多了,还是要多写。《秋天的回忆——记孙犁》这篇文章是刚刚写的,那天我坐在阳台上,心情也好,就写了这篇散文。我还准备写回忆方纪的文章,但孩子们不让我多写,怕我累着。"

听得出来,牧歌说话的咬音已经有些不准。她随后又问我,孩子上大学了吗?我回答考上了南开大学文学院。牧歌立刻说:"太好了,孩子可以接你的班了。"这是我第一次听到这样的说法,编辑这一行当可以子承父业吗? 想当年,1980年9月,天津日报社为培养新闻人才,选派年轻的编辑记者到天津师范学院新闻班学习。临行前,邹明曾对我说,我建议你不要走,就在实践中学习,日后同样可以接我们的班。待两年后我回到报社,突然面临被调到记者部去跑教育的工作变动,这真是一个两难的选择。但最终,牧歌还是把我留在了她的身边,继续从事我更为喜爱的副刊编辑工作。

时至今日,已是三十多年过去,我深深地理解牧歌作为老一代报人,她对年轻后辈的至深关爱,希望对报纸的感情能够代代延续,这种感情应如血脉般传承。

之后,牧歌经常把阅读"文艺周刊"的感想及时反馈给我,并转交一些稿件。尤为令我高兴的是,她终于拿起笔,写她想写的东西了。2005年11月7日,牧歌来信说:"我又一次怀着忐忑不安的心情,把我从今年秋天开始经营的小文送上,请你斟酌定夺。这是我亲身的一段经历,纪念一个人在我人生旅途上对我的帮助,值得我怀念。稿子,像自己的孩子,交给你,我是放心的。如能用,该改处你就改。"(此文即《忆陆星》,发表于2006年2月9日"文艺周刊")

发表这篇散文的当天,牧歌就捎信说:"春节后三天,我又病上加病，近日见好。虽在病中，长长短短给你写了几张这种纸的信，读后嫌罗嗦，撕了。没有让你来看望我，请千万谅解！几年来，我生理上、心理上都有病，心理上的病是怕见人，见了人心慌。自我封闭，无法自拔，其实是痛苦的、孤独的。在过去的长久岁月中，你为'文艺周刊'付出了心血，在这块苗圃中成长起来的人们，会铭记住你的。"

在发表了《舒群印象》之后，牧歌非常感谢，她在2006年6月23日下午给我打电话说："我知道你对我的感情，这篇文章可能是我的最后一篇东西了。我现在有些面瘫，说话都感到吃力，文章有可能写不了了。我们之间用不着语言交流，我们心有灵犀。"

仅仅过了两个多月，2006年9月8日上午，牧歌的女儿、儿子和儿媳，一起来报社找我，告知牧歌因突发脑栓塞，已于二十天前住进环湖医院。他们说："母亲在病重时还念叨你的名字，让你多保重。"牧歌因病住院，令我心生哀痛，她让儿女带给我的问候，更是让我流泪，她其实是在惦记着"文艺周刊"的版面啊。

之后的10月26日，牧歌女儿给我送来她母亲的散文《漫忆童年》。这是牧歌在病前写就的最后一篇文稿。她女儿说："我母亲的病情并不见好转，已经使用鼻饲，虽不能说话，但却认人,说明她的脑子还是清醒的。"11月9日,"文艺周刊"刊发了牧歌的这篇《漫忆童年》。她儿子马上告诉了她,牧歌虽不能说话,但只要说到报纸、说到稿子,她就会点头,表示听见了。我听后,心中又是一番感动。

《漫忆童年》成为牧歌生前的最后一篇文章。回忆童年往事,是牧歌晚年生活的重要内容。看得出来,牧歌在进入晚年之后,常常静思和回首,努力钩沉记忆中的往事,打捞那些久远的、似已忘却的记忆。这些人生片段,应是她情感的寄托、关爱的凝结,也是她存留在心灵深处的爱的流淌。

往事悠悠。从1979年我二十岁出头,便在牧歌的教导下学做编辑,如今三十多年过去,我依然在副刊编辑岗位上勤奋耕耘,在"文艺周刊"六十多年的办刊历史中("文革"停刊十年),我在其中工作了一多半以上时间,成为这块园地任期最长的一任责编,并相继经历了一千期纪念、两千期纪念,见证了"文艺周刊"创办六十周年纪念,这是可以告慰牧歌在天之灵的。"文艺周刊"与《天津日报》同龄,能够在几代编辑共同努力之下办刊至今,这是《天津日报》的骄傲,是以孙犁为旗帜的党报文艺副刊的光荣。

牧歌的身影和教诲,永远温暖着我的记忆。她曾经给予过我的温暖,始终握在我的掌心间,正是这一份暖意,使我不敢有丝毫的懈怠。我的眼前和身边，总是出现她的面容和声音，叮嘱和勉励着我不断前行。在她逝去之后，她所钟爱一生的事业仍在继续，她尽职尽责的身影，将永远留在这个岗位上，不管过去、现在还是将来，都将成为所有后继编辑的楷模。

　　牧歌作为一名园丁，其品质无疑是优秀的，她默默地奉献了全部真诚与热情，在寂寞和辛劳的文学园圃里，她是一名忠实而又无私的耕耘者。像牧歌这样有资历、终生献身报纸副刊的老编辑，今后是不会再有了。她留下的笔泽和心血，永远印记在读者与作者心中，她最为精彩的一段人生岁月，就留存在她为之耕耘的报纸副刊版面之中，这是历史赠予她的最高奖赏。

　　　　　　　　　　　　2012 年 12 月 23 日

她在作品中活着

——追忆作家柳溪

当柳溪被戴上呼吸机,心脏重又搏跳的时候,头脑一定还是清醒的吧。她会想到什么、想说些什么,还是想见到什么?这是在阳春三月,大地才刚刚返暖,杏花、梨花、桃花欲开未开时节,她是否想再看看这纷繁的世界,呼唤心中一直想念的名字,甚至想摸一摸已经搁置多年的手稿?可是不行了,这种意念再强烈,也驱动不了卧病多年的躯体,她的手无力地垂放,想睁开的眼睑始终紧闭,她知道时间就将离她而去了,她唯一的念想,就是企盼这黎明前的朝阳,能够奇迹般地再次訇然升起……这顽强的生命之念,终于陨落于2014年3月18日凌晨三时许。

柳溪走得应该是安详的,尽管九十年的生命旅程,充满了坎坷与崎岖。可以这样说,柳溪是一位坚强的作家,她的骨子里充满了韧性与不屈,她手握的笔始终是热情的,向往生命的,她将靠自己的作品存活于世,因而她的逝去不会被读者所遗忘。

我知道柳溪的名字,是在1979年,《天津日报·文艺周刊》复刊后,正在积极恢复与一些作家的亲密联系。那期间,读到《人民文学》上发表的柳溪的短篇新作,感到文笔清新、亲切,特别熟悉农村生活,那可能是她重返文坛的先声。随后,我去拜访柳溪,希望她能为我们的副刊写些东西。当时柳溪还住在解放南路东莱里的临建棚里,条件非常简陋,但也就是从那时候开始,柳溪全身心地投入到创作当中,她知道在过往的大半生中,被人为损失的时间太多,她不得不加倍努力地写作。在随后的时间里,她的长篇小说《功与罪》《战争启示录》等相继问世,并广受好评,显示了一位女作家旺盛的创作潜质。

作家是以作品获名,而时间对于一位作家来说,显得尤为珍贵。在当时,柳溪担负着市作协的领导工作,并兼任《小说导报》主编,这要占去她相当多的时间和精力,直到离休后卸去任职,写作才真正有了时间上的保证。可是很不幸,就在这难得的创作旺盛期,因为一次意外车祸,竟使她的写作人为地终止了,不得不因病卧床……这样一位才华横溢的女作家,并未能完全实现自己的创作梦想,令人感叹命运的无情!

在与柳溪交往的二十多年中(止于她停笔卧床),留给我一个突出印象,就是她非常看重与《天津日报》文艺副刊的关系,不仅因为这是党报的文艺阵地,还因为"文艺周刊"这块文学苗圃,是她非常敬重的孙犁先生参与创办。这份情缘,几乎贯穿于她的整个文学生涯。因此,柳溪的散文、随笔等作品,以发表在《天津日报》副刊上居多,约计有近百篇,包括她2001年的停笔之作,也是刊发在"文艺周刊"上。甚至,她曾将写好的作品先期寄我,让我帮她提提意见,使我有幸保存下她的多篇手稿。

1995年,"文艺周刊"策划了春、夏、秋、冬四块主题散文专版,考虑到柳溪的人生经历,我约她写春之篇的爱情主题。写作这样的文章,必须投入真情实感,当柳溪把稿子当面交给我时,神情仍很激动:"写这篇《春天的故事》,我是动了感情的。昨天晚上写完的时候,我已经掉过三次眼泪了。"我双手接过稿子,情绪也受到感染,我知道她写的是老伴儿康明瑶突然病故,给她造成的巨大打击。回想他们初识并相爱成婚的日子,未亡人怎能不动情呢!

那年春节前,我如约到她家中取稿,她指给我看老伴儿的照片及书籍,情意深深。临走,她转送我一束鲜花,说这是她的一位老朋友的女儿,刚刚从美国回津探亲来看她时买的。她很认真地说:"这么多年总是麻烦你,这束鲜花就算是我借花献佛吧。"

参加在北京召开的中国作家协会第五次全国代表大会,可能是柳溪最后一次外出参加文学活动。返津后,她将会议期间的代表名册送给我,说全国的知名作家的名字及地址全在里面,方便你约稿。那是1996年,"文艺周刊"正在举办"散文园"征稿活动,有了这个作家名册,我按图索骥地约请名家撰稿,少费了很多周折,为日后"散文园"成为名专栏立下殊功。

编辑与作家之间,需要建立起一种亲密无间的关系,不拉帮结派,不设立山头,看重的是人品与文品。稿件是纽带,大作家的作品热情欢迎,业余作者的稿件也认真对待,一块副刊版面的优与劣,关键是要看编者。只要是《天津日报》文艺副刊约稿,柳溪从来都是有求必应,不论是应景文章,还是赴外采风,只要时间允许她都积极参加,即使手头正在赶写大部头,她也会满口应允,按时交稿,从不爽约。

每次约稿之后,都要定下取稿时间,取稿地点无外有两处,一个是在她家中,一个是在花园里。去家里时,大多要聊一会儿天,问问她的饮食起居,看看她正在写作的稿子。她的写字台上放有一个特制的木架,坡面的,五百字一页的稿纸铺在上面,满纸清秀的钢笔字,写满了翻页,间或有修改的笔迹,但也是少见的一遍稿。至今留在脑子里的,是那正在写作当中的自传体长篇,厚厚的一摞,满纸烟云……到花园里取稿,往往是较急的稿件,周五晚上电话里约好,周一早晨上班时往她家附近的解放南园拐一个弯儿,柳溪正在与一帮老人晨练,我从花坛边拿起装有稿件的信封,与她对视一下目光,再点一下头,便转身骑车离去……过后柳溪跟我说:"晨练的邻居们纳闷,你们这是干什么,怎么像是地下党在接头啊。"

在我的编辑日志中,有这样一篇记载:1998年3月26日,早八点四十分,阴。昨晚,作家柳溪来电话,让我明早仍在老地方交给一篇稿件。老地方,即指解放南园,她家住在公园附近,故我每次去取稿件时,她都在那里等候。多少年来,柳溪坚持晨练,这家公园就是她的晨练之地,也是我们交接稿件的固定地点。这篇稿子写的是俄罗斯杰出舞蹈家乌兰诺娃去世后,江泽民总书记致电叶利钦总统,表示哀悼。柳溪曾在1952年深秋,接待过来访的苏联艺术代表团,其中就有乌兰诺娃。

本来已经趋于正常的老年生活,又起波澜。柳溪在一次外出时,就在自家小区的胡同口,被迎面驶来的一辆自行车轧伤了脚趾。从此,这脚患先伤身、后致命,手术后便再也不能续写她的长篇巨制。至今无法想象，在那样艰难的人生低谷，柳溪都挺过来了，而今这"人祸"竟是如此难熬。

稍后，柳溪回到河间老家养病，临行前给我留了老家的电话。从河间，柳溪先后给我寄来两封挂号信，一封写于2000年7月4日："曙光同志：你好！遵嘱，写了两篇乡居纪事，寄上，请审阅。我的脚伤已好了许多，如今架着双拐能走动了，估计再有一个月，可能离开拐自己走动了。这真是一场活受罪的灾难啊！我大约9月份回津，因为那时天气渐凉了，这里取暖设备不行。那时，咱们就可以见面了，可以好好聊聊了。"另一封信写于7月24日："曙光：你好！天太热了，我这里热得像蒸笼。我写了一篇散文寄给你。过一个月，脚好一些我就要回津了。"

在2000年，柳溪还在顽强地坚持写作，写她在乡下的所思所感。一年多以后，即柳溪回津后的2002年1月底，为核实一帧孙犁先生的照片，我请柳溪帮忙辨认其中两个人的身份，因为事先已打过电话，我赶到她家时，柳溪早已坐在楼院中等候。看过了照片，柳溪便站起身到菜市场去买馒头，她右手拄着一根拐杖，左手拿着一个装有零钱的纸袋，那蹒跚的背影很显苍老。这让我顿生苍凉之感：一代名作家的晚年竟是这般凄清。孤独的生活开始折磨老人的身心，她为何不雇一个陪伴,照顾一下自己的生活? 每当提起此事,柳溪总是摇头拒绝,说儿子对我挺好,就是他们做的饭我不爱吃,还是我自己照顾自己吧。

当年夏天,柳溪又回到河间。这注定又是一个炎热的夏季。7月11日,孙犁先生突然病逝。转天,我打电话给柳溪,告知这一噩耗。电话里,柳溪沉默了几秒钟,然后反应很快地说了几句感伤的话。我问她能否赶写一篇悼念文章? 她立刻答应,并说写好后就寄过来。过了两天,我去电话询问,她的声调明显低沉,说我还没有写呢。我说那就再等两天吧。她回答说行。当我再次打电话过去,是她儿媳妇接的,一问,我的心竟然咯噔一下。原来,柳溪得知孙犁去世的当晚,便大哭一场,一宿没有睡好。她的儿媳说,虽然答应下来要写稿,但因伤心至极,事后就"遗忘"了,脑子好像出了问题。

本来脚伤已经影响到正常生活,甚至写作,而孙犁先生的离世,显然又是一次沉重打击。这次变故带给柳溪的,很可能是一种心灵上的摧残,这对于一位抱有终身理想的作家来说是致命的,因为她将永远放下手中的笔。戛然停止的写作,无论是突兀的,还是徐缓的,都将使柳溪远离心爱的写字台,这是她所不情愿的。

住进医院后,柳溪的写作生涯也就此终止了,好在身体情况和医疗条件都还不错。2007年7月的一天下午,曾受我之托的在医院工作的谢沁立给我打来电话,说她刚刚去拜望过柳溪,并转达了我对她的问候。老人听后不仅微微点头,甚至还流下了眼泪。这使我倍感惊讶,都说柳溪已处于失忆状态,怎么还会有正常人的思维和表情? 她的泪水,说明老人对我是留有记忆的,她的情感没有枯竭,她的内心仍然惦记着往昔的朋友,她的心灵依然善良。

我让小谢据此写了一篇《病中的柳溪》,让读者了解这位女作家的病中生活,展示"生命站立时耿直,躺下后依然坚强"的坚忍品性。2007年8月7日,文章在《天津日报·满庭芳》见报的当天,小谢拿着报纸来到病房,指给柳溪看报纸上的标题,柳溪竟然笑了。过后,陪伴给她念报纸,她静静地听着,显得特别高兴。

孙犁先生在给《柳溪短篇小说选集》作序时说:她没有受到过捧场之乐,却有坠渊之苦,她的命运可以说是很坎坷了。重返文坛后,才力不衰,新作甚富,她的文学事业的前途,是不可限量的。这样的评价,已被柳溪日后的创作成就所证明。倘若老年时未遭病患,她一定会写作到生命的终止。

柳溪是一个好人,她曾经帮助过很多人,在工作上、在生活待遇上,这都是不掺假的事实,因为她说得那样真实,一脸的真诚,她是一个不会说假话的人。在生活中,她留给我的印象,是爽朗的,快乐的,认真而风趣的。

柳溪是从来不过生日的,只是在她七十岁那年,市作协为她举办过一次生日庆典。医院的医护人员而后却要熟知她的生命旅程,从入院到离去;市作协更是记得她的生辰,每年为她敬献一束献花……在晚年,每一个生日,都如同人生岁月中的一次美丽绽放,散发出生命的幽香。正像柳溪当年所说:"我不仅应该活着,而且应该奋发有为地活着……"

2014年5月6日

忘年之交

——回忆孟伟哉先生

　　近来写出的几篇文章,竟然都是回忆性的悼文,那些沉重的文字,因为都曾被情感浸泡过,所以当它们落在纸上时,便洇出一片无尽的思念。文中记载下的每一个名字,都曾在我记忆的长河中,留下过清晰的痕迹,曾经那么长久地响亮在我们的交往中。我看重这些文字,珍惜这样的情义,当它们从心中流出的时候,真切感受到那笔画的沉重和时间的分量。

　　这篇《忘年之交》,仍然是一篇悼文,回忆《天津日报》文艺副刊的老作者、老朋友,我所敬重的作家孟伟哉先生。只是从得知他病逝的消息,于今已近两年时间,始终未能动笔的原因,实在是内心难以接受这一突然而至的噩耗,印象之中,总觉得孟伟哉先生仍然健在,期待着哪一天仍会收到他惠寄的稿件。

在我已近四十年的报纸文艺副刊编辑工作中,与不同年龄段的作家结谊,特别是因"文艺周刊""满庭芳"而结缘的老作家,从近些年开始,已有不少人相继离世了,这给我留下极为痛彻的怀念。在我前后两本的作者通讯手册上,他们的名字依次为:刘绍棠、韩映山、黎焕颐、田间、曼晴、臧克家、张志民、周汝昌、叶君健、魏巍、艾青、华君武、郭风、雷加、菡子、公刘、刘白羽、雷抒雁、罗洛、王怀让、王恩宇……现在,孟伟哉的名字也已加入其中,他们的音容笑貌,将被存储在记忆的长河中。

最先,我称孟伟哉为同志,后来改称孟老,现在就尊称先生吧。我们之间,纯粹就是稿件关系、文字之交,我守着一方园圃,需要作家们的笔墨点染春色,而孟伟哉先生又与之颇有缘分。从20世纪50年代开始,孟伟哉从朝鲜战场回国后考入南开大学,便给《天津日报·文艺周刊》投稿,有诗歌,也有小说等,笔名为小剑。那时,"文艺周刊"还刚刚创办不久,而今却已是出刊两千五六百期(每周一期,"文革"停刊),为一家报纸的文艺副刊投稿,竟然坚持了五十多年,这样的忠诚与坚守,显然已经超越了一般的编辑与作者的关系。

孟伟哉先生曾经说过,他将天津视为自己的第二故乡,其中一个重要原因,就是他的文学启蒙之旅始于天津。2011年秋天,全国首届孙犁报纸副刊编辑奖在天津颁奖,孟伟哉先生应邀全程参加了此次活动。当时,他已近八十岁高龄,从北京专程赶来并撰写了一份充满感情的《衷心感恩》:1951年至1953年,他从抗美援朝战场上练习写作,1954年在南开大学中文系学习时看到了《天津日报·文艺周刊》。那时,在学生宿舍入口处,每天都展挂《天津日报》,"文艺周刊"版面具有强烈的吸引力。于是,从1955年至1958年,他以小剑的笔名,在《天津日报》副刊发表了大量的小说、诗歌和散文,还被推荐参加了1956年在北京召开的首次全国青年文学创作者会议。他颇为动情地说:"《天津日报·文艺周刊》是我文学之路上的一个重要驿站,半个世纪以来,我与《天津日报》联系未断,我对《天津日报》深怀感恩之情。"

这真正是一段漫长的岁月,其中的文字之忆,已被孟伟哉先生深深地铭刻于心。自1955年他在《天津日报》发表作品,直至2015年病逝,近六十年间,他都是这块副刊园地的忠实读者与作者。他发表在副刊上的作品不仅篇数多,而且无论篇幅长短都是首发稿,有的是编辑出题、他作文,也有的是他的文学创作,所有稿件在寄出前他必定会打来电话,让我注意查收,他在写作方面表现出的认真、对稿件错谬的改正、标点误植的订正等,体现了一位老作家对文学创作的责任感,对待文字的高度敬畏。

前两年,当孟伟哉先生开始编纂个人文集的时候,我从《天津日报》电子文库中,帮他检索出刊登过的全部作品名录。那是一串长长的令人惊叹的目录,已经不能用简单的数字来表述,而是一位作家经风沐雨、穿山越水,展现出的半个多世纪的文学情怀。

记忆中,我与孟伟哉先生第一次见面,是20世纪80年代初在北京召开中国作家代表大会期间,我们到宾馆驻地去拜望他,也就是从那时起,我们之间有了直接的稿件联系。正是基于这样的渊源,我与孟伟哉先生的稿件来往,注入了一种信任与友谊。我可以向他约写副刊需要的稿件,他也会时常向我透露一些创作想法,这样的交流与沟通,常常超越了写作范畴,扩展到人生、社会等领域,是一种真心的、朋友式的往来。2010年,我出版第二部诗集《穿越时空的情感》时,他写了热情洋溢的评介,真诚道出他读过诗集后的感想。

我没有去过他在北京芳古园的住所,平时最便捷的联系方式就是电话。他的语速舒缓,有一种老者或曰长辈的温和,让人觉得踏实和亲切。他曾经担任过中国文联的领导职务,也主办过大型文学期刊,但从未听他主动谈起过相关话题,没有哪怕一次涉及他人的"不是"或自己的"荣耀",倒是从文章中,读到他为一些友人给予的多种帮助。他回忆的许多往事,都堪称文坛佳话。

他外出的机会也不是很多,我知道的,是有时要回山西老家。他到天津来,多数是有其他事要办,捎带与我们见上一面,聊一聊稿件上的事,以及他的一些近况,比如绘画、收藏,包括近期准备要写的一些作品。每次谈好的事情,他回到北京之后必定件件落实,尤其是约好的稿件,他答应了的就一定会按时寄到。作为编辑,对于这样的作家,又是令人敬服的老作家,心里总是油然而生感激之情。

我们之间信件较多,当然主要是稿件往来。孟伟哉先生不用电脑,多是手写,后期改寄打印稿。稿件前面,必附一信,告知他写作此稿时的一些情况,或是需要嘱咐的话,态度极是认真,他的手稿字迹工整、清晰,纸面洁净。2007年,他在寄我的一份稿前附言中,特意注明:"这份手稿送你作纪念。"这篇名为《我的书画缘》的稿件,是我出题让他写作的,共计1800字,稿纸页码数为2982至2988,应是文集手稿中的一部分。这时我才恍然,他寄给我的所有作品手迹及信件,都是有意让我珍存的。我在感谢孟伟哉先生对我的信任的同时,也深感一生敬重文字的人,冥冥之中,是想把自己的文字用作对世间永恒的留念。

大概就是因为出版文集所累,孟伟哉先生的身体出现病状,还为此大病一场。2014年,"文艺周刊"举办"金德信典当杯·津味小说甲午年赛",他从我们寄赠的《天津日报》上,读到了这些小说,给我发短信说:他看到的写得不错的有《北四行魔方》《全可人儿》等篇。并说,他也准备写一篇津味小说,待写完后就寄来。我把这个短信存了下来,一心期待着他的小说来稿。

不知道是否有一种预感,从2014年年底到2015年年初,我一直联系不上孟伟哉先生,家里电话无人接听,手机也关机,心想不会有什么事吧? 因为前一段时间通电话时,他说到近来自己身体不太好,我还说是不是因编辑文集的工作太过劳累,身体吃不消了? 春节后一上班,我又往他家打电话,想问问他答应过要写的津味小说,是否已经动笔。但是遗憾,仍然联系不到他本人,谁又能想到,2015年2月26日,孟伟哉先生竟因病去世了。

我的预感应验了。孟伟哉先生的离去,显得平静而低调,我只在报纸上见过一则简短的讣告和两篇极为短小的悼文,这大约合乎这位有着丰富生活阅历、永远心怀热情、惜字如命的八十二岁老作家的遗愿。但在他的身后,却留下了诸如《昨天的战争》等多部著述,他在人生最后岁月编选完成的十卷本《孟伟哉文集》,将是他全部生命履历的辉煌展示。

在这篇文章收尾的时候,我的心情趋于平静,并开始收拢摊在案头的手稿、信件。我突然感到,孟伟哉先生的这些手迹,仍在传递着一颗心灵的温度,我看重的不是数量,而是情感的分量。是的,在《天津日报》文艺副刊漫长的历史中,在累积成册的皇皇版面上,孟伟哉的作品将闪烁其中,他的创作之旅,令人惋惜地终止于2014年11月4日《天津日报·满庭芳》版刊发的《凭吊巴尔扎克》一文,这是他向读者所作的最后的告别。可是外人并不知晓,从不爽约的孟伟哉先生,却永远地"欠"了我一篇小说……

2016年12月18日定稿

舒群印象

　　舒群晚年,与《天津日报》文艺副刊交往,是由孙犁引荐的,他们曾是延安鲁艺时期的老同事,有着三十几年的旧谊。1981年4月,孙犁读到了当期《人民文学》上刊发的舒群的小说《少年chén女》,当即写下了《读作品记(五)》。这篇兼有怀念性质的评论文字,既有感情,又解读深刻,是真正读过作品之后引发的感想。孙犁还特别提到当年在教学上,他与舒群之间曾有过的一次分歧,在生活上,舒群给予他的关照。从文章中可以看出,两位作家感情相通,互相理解,称得上是共过事的老朋友。

　　孙犁在《天津日报》的情况,舒群是了解的,他知道孙犁一直在主持、关心着"文艺周刊"这块文学版面。"文革"结束后,

1979年1月,"文艺周刊"重新复刊,立即着手集结新老作家队伍,而自20世纪80年代初,舒群也逐渐恢复了写作,见到老友的评介文章,他自然高兴,所以当我们凭借孙犁的关照向他约稿时,舒群很认真地接受了这种联谊,稿件的事总是很爽快地应允。他家居住北京,还记得是在宣武区虎坊路,《诗刊》社附近,楼栋外就是一条宽敞的路面,交通很便利。那时候我们到北京约稿,总是先乘火车,出了北京站,再乘坐公交车,如果作家住处附近能有汽车站,那是最为方便的。

　　第一次去北京拜访舒群,我是和李牧歌一起去的。李牧歌时任"文艺周刊"主编。北京的春天,遍地芳馨。我们敲开舒群家的房门,女主人将我们迎进房间,屋内温馨、整洁,初次见面,我们之间竟没有任何陌生感,倒像相识已久的老朋友。舒群先是问候了孙犁的近况,然后说起自己的创作,热情之中带着真诚。我们的初识,给我留下很深刻的印象:这是一位热忱而质朴的作家,没有一点大作家的架子;他那长方型的脸上,有着两道浓黑的眉毛,操东北口音,说话时总感觉像是要向对方交心一样。

　　我们如愿拿到舒群的小说稿后,第一时间就去告知孙犁。在家中,孙犁翻动着我们带去的舒群作品的稿纸,赞赏地说:看看这稿子的字迹,写得多么工整啊。我们也都感到惊奇,这篇小说稿是抄写在方格纸上,一笔一画,就如同小学生写作文,干净整洁,很是少见。让我们见识到这位老作家的文品,果真名不虚传。

1983年9月15日,《天津日报·文艺周刊》发表了舒群的小说《无神者的祈祷》,也即被孙犁称赞抄写工整的那篇小说。这篇小说,对社会上及文艺界的一些恶俗进行了鞭挞,有些尖锐。小说发表后,还引发了一点小风波,有关部门可能听到了一些反馈。有一天,李牧歌对我说:市委宣传部叫我们去一趟,说是关于舒群小说的事。那天下午,我们来到市委宣传部文艺处,见到了当时的文艺处处长,他先让我们介绍一下约稿情况,又听了对小说的看法,然后才讲了请我们来沟通的原因。谈话时间不长,彼此都很客观地陈述了对作品的意见,此事到此为止,过后并未形成什么文字材料。李牧歌主要讲到了这篇小说的立意、主旨、内涵,她认为都是不错的,小说的犀利恰恰说明作品的深度。

在我的印象里,不记得李牧歌向舒群提起过那篇小说的事,看来那件事确实没有产生什么不良影响。我和李牧歌在一起工作,非常钦佩她的编辑作风,在她主编"文艺周刊"期间,版面策划、重要稿件的把握,都是非常慎重的,必定是要请示孙犁的,这已是惯例。这件事,李牧歌过后就向孙犁作了汇报。我们尊重作家,而作家在给我们写稿时,也是极认真的,对自己和读者是负责任的,舒群就是一位这样的作家。

这年深秋,我们想为"文艺周刊"约一篇纪念毛泽东的稿子,又一次来到舒群家。我们说明来意后,舒群凝神想了想,然后对我们说:这样吧,我带你们去找黄树则。说完,他便起身去打电话。不一会儿,他过来告诉我们,说已经联系好了,黄树则在家等着呢。他还叫了一辆汽车,带着我们乘车前往。黄树则家住天安门后身的景山公园附近,那天晚上,我们见到了毛泽东曾经的保健医生黄树则,约请他写一篇纪念文章。因为有舒群的介绍,黄树则没有犹豫便答应下来了。那天晚上,我们就留宿在了北京。很快,黄树则的稿子就写来了。1983年12月29日,"文艺周刊"发表了《毛主席告别杨家沟》,黄树则的文笔很好,回忆了当年亲历的往事,属于独家专稿。

1984年9月26日,《天津日报·文艺周刊》又发表了舒群的另一篇小说《在天安门前》,主旨是为新中国成立三十五周年而写,笔力依然老到、醇厚。这两篇小说,我都印象深刻,在拼版时,为美化版面,我还专门约请了百花文艺出版社美编王书朋(后任天津市美术家协会副主席),画了两幅单线条的插图,使得这两期版面显得大气、漂亮。

后来,李牧歌离休之后,离开"文艺周刊",又到《文艺》双月刊编辑了一段时间的刊物,依然保持着与舒群的联系,而我在"文艺周刊",则继续维系着前缘,只是再去约稿时,就是我自己独往独来了。有一次,我中午前赶到舒群家,说完稿子的事,站起身来准备告辞,舒群却非要留我吃饭,热情得让我无法拒绝,只好客随主便。他让保姆做了一碗鸡蛋面汤,盘子里放一个烧饼,虽然只是一顿极简单的午餐,却让人心里感到热乎乎的。文艺部其他编辑,都对舒群留有良好印象,说好的稿子言而有信,从不推诿,并受到过暖如家人般的款待,不管哪位编辑赶在了饭口,都要留下来吃完饭再走。

舒群在晚年时,依然葆有创作激情,与《天津日报·文艺周刊》的交往,他是高兴的、愉悦的,这从他接待我们的态度上,就能够感觉得出来。找舒群约稿,到他家里去,从来没有拘束感,他送给我的一本小说代表作《没有祖国的孩子》,一直存放在我的书柜中。他那时也在编一本大型文学刊物《中国》,很劳神。在写作上,总有许多话题要说。那是一段珍贵的时光,记载了很多难忘的记忆,直到他因病于1989年去世。每次见面,都能感觉到他的身体不是很好,看得出体质的虚弱,他的较早离世令我深感痛惜:像舒群这样的老作家,今后是再也不会遇到了。

至今记得,每次约稿从舒群家出来,他总是要亲自送出楼外来的,来到马路边,天冷时,就披上一件外套,因不能站久了,就蹲在道边上,望着我们离去。我常要回头摆手,看到的竟是一位老农民,蹲守在田边,望着眼前待收的庄稼。

2021 年 12 月 9 日

怀念魏巍

　　魏巍是我非常敬仰的一位老作家,这当然始自学生时代,在读过他的名篇《谁是最可爱的人》之后;而后我当了编辑,阅读晋察冀文学作品时,得悉"红杨树"就是大名鼎鼎的魏巍,又让我多了一份仰慕;再后来,20世纪80年代初,在孙犁先生家中,时常会谈起一些老作家,听到魏巍的名字便很亲切,当我读过孙犁写的《红杨树和曼晴的诗》,知道在战争年代,孙犁曾经将魏巍的一本油印诗集抄录后出版,这是艰苦环境下结成的一份战友情。所以当魏巍的长篇小说《东方》出版时,外界曾传说是请孙犁阅过,先期在《人民文学》上发表的选章,就是经过了孙犁的润色。这都是当时听到的传言,未经核实。但有一点可以肯定,孙犁与魏巍确是一对老战友,战争年代结下的情谊,使他们相互信任,彼此敬重。

从那时起,我就在心里时常默念"魏巍同志"。这一称呼,就这样延续下来,后来我与魏巍建立了联系,写信、打电话及见面约稿,我都是以"魏巍同志"相称呼,显得即尊重又深怀景仰。终于联系上魏巍,缘于我的一位诗友李钧。当年原是属于天津驻军的李钧,勤于诗歌创作,被调往北京军区政治部创作室,魏巍是他的直接上级、老领导,他们之间关系融洽,成为忘年交。李钧答应将我的问候和约稿,一并带给魏巍同志,这让我很是感激,也是心怀已久的愿望。

这种牵线真是一种缘分,孙犁——《天津日报》——魏巍。李钧很快就带消息给我,说魏巍同志很是高兴,已经应允给《天津日报·文艺周刊》写稿。能够与魏巍同志建立联系,我是非常兴奋的,无论从哪个角度讲,魏巍同志都是我们副刊最重要的作家之一。我很珍惜这种关系的建立,觉得这纯粹是一种情分,我之所以称呼魏巍同志,认为这是最为贴切和恰当的一种称呼,也是一种发自内心的敬重。

平时联系主要是通过李钧,先打电话、捎口信给李钧,再由他转述给魏巍同志。他们都住在北京苹果园的军区大院,若给魏巍同志直接打电话,不是很方便,因为那是军线。自从《东方》问世后,魏巍同志又先后出版了《火凤凰》《地球上的红飘带》等,这些大部头,占去了魏巍同志的大部分时间和精力。这样,短文章写得不是很多,特别是适合报纸副刊的文学作品。但即使这样,魏巍同志还是想着我们,每次联系都能有回音,从不拒绝我们的盛情。

1992年夏季,我到北京约稿,专程赴北京军区拜访了魏巍同志。在家中,魏巍和他的老伴儿,作了热情的接待,我先看了花草茂盛的庭院,又坐在一起喝茶、聊天儿,还照了一张合影。魏巍那天穿着长袖的白色衬衣(衣袖卷起)、绿色军裤,显得儒

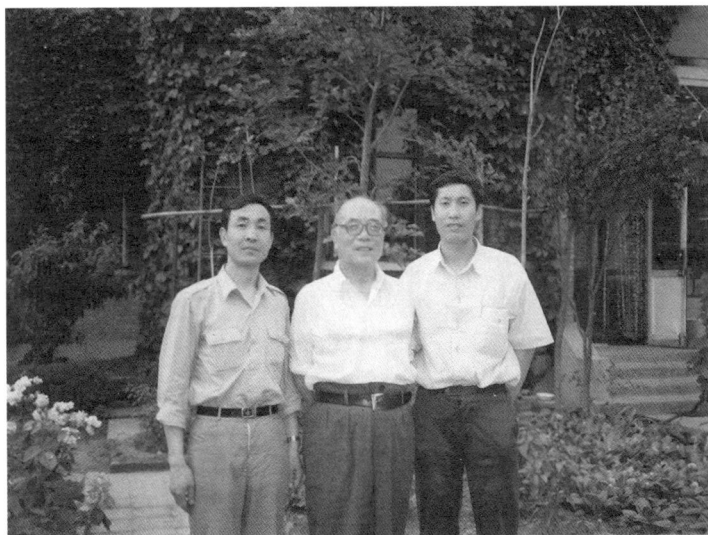

1992年夏季,作者专程赴北京军区拜访魏巍同志。中间为魏巍同志,左为李钧,右为本书作者

雅又不失军人风度，背景就是他家温馨而花香四溢的庭院。

那之后，魏巍同志寄给我一组回忆战争年代的诗稿，很快就在副刊上发表了。不久，他又写来一篇散文《我的老团长》，怀念他在战争年代结识的一位战功卓著的老团长，并以老团长的去世，发出了在当今社会，我们该怎样继承他们创造的事业的深刻提问。文章发表于1994年3月17日"文艺周刊"，后又收入于2002年8月出版的《半个世纪的精彩——"文艺周刊"散文精选》一书。

也是在1994年春天，魏巍夫妇前来参加老作家梁斌从事文学活动六十周年暨八十华诞研讨会。魏巍同志来到天津，特别想去看望一下孙犁，作为战争年代的老战友，他们已经有多少年没有见面了？此时，孙犁已从多伦道天津日报社宿舍，搬进了鞍山西道的单元房。就在1993年，孙犁还曾做过一次手术，身体尚在恢复期。当他听说魏巍夫妇来访，没有丝毫犹豫，立刻答应下来。

当我为两位老人联系好时间，引领魏巍夫妇乘车至孙犁家的小区，登着楼梯来到家门口时，孙犁已经闻声在门前等候了。两位老战友彼此寒暄着，双手相握进到室内，看得出来他们相见时的喜悦。

由于病后初愈，孙犁身体有些虚弱，但对于魏巍夫妇的来访,老人确实是很高兴的,他让魏巍和老伴儿坐在他的面前,沏了茶,便问起他们的身体和生活情况。他们谈起了一些过去的事,岁月让他们老去,表达也变得简洁、含蓄、深意。孙犁对魏巍的老伴儿刘秋华,也是很熟的,他们还聊起家乡的一些往事。拜访的时间不长,魏巍夫妇还要赶回宾馆,当天返回北京。临别时,我在客厅里摆好三把竹座椅,让三位老人坐在一起,用自备的相机为孙犁和魏巍夫妇照了一张合影。后来得知,照片背景上的那幅寿联,是在1988年,孙犁七十五岁生日时,由作家王昌定撰文、辛一夫用章草书写的:"文章耐寂寞点点疏星映碧海 白发计耕耘丝丝春雨润青山。"

我不知道孙犁和魏巍这对老战友,之前是否有过合影,但感觉这帧照片,却是具有纪念意义的,不仅成为我个人保存下来的孙犁在晚年时的最后一幅完美形象,而且这帧堪称绝版的作家合影,对于孙犁研究者来说,也是晋察冀时期两位老作家友谊的见证,贵为独一无二的图片资料。因为此后不久,孙犁再次生病住院,病魔的多年折磨,使老人日益消瘦,有很多次机会,我甚至不敢随友人去医院看望老人,我怕病中的孙犁,会取代我心目中一直珍存着的文学大师的形象。

1996年,我终于要出版第一部诗集《迟献的素馨花》了,设计封面时,我想请魏巍同志题写书名,这个心愿托李钧捎去后,我的心里颇为忐忑,不知道魏巍同志能否答应。时间不长,李钧就给我寄来了魏巍的题签,看着带有文人气质的潇洒的书名,我兴奋不已,深怀感激。我的第一部诗集《迟献的素馨花》,因为有了魏巍同志的墨笔,而增添了亮色。

在多年的交往中,魏巍同志相继赠送给我多部新著,其中就有十卷本的《魏巍文集》。1997年秋天,他特意让李钧捎给我一幅装裱好了的书法条幅:"书囊应满三千卷 人品当居第一流",并题上"曙光同志留念"。我默读这两句赠言,感觉这已不是单纯的书法作品,而是魏巍同志为我题写的人生赠言,意在勉励我多读书、勤创作,文品与人品相统一。这份情谊,让我将前辈作家的殷殷期望,铭记心间。

这之后的好多年,我们没有通过音信,也无缘再见到魏巍同志。有时是读到报刊上的消息,有时是看到一两幅照片,蓦然发现他的头发全白了,人也显得消瘦、苍老,这让我颇为伤感,唯有送去心中的祝福。2008年8月24日,魏巍同志去世,我们的交往就此中断,但曾经有过的那些美好回忆,却没有逝去,让我无比珍视。记得孙犁曾说过,在红杨树的作品里,漾溢着丰富的情感。他的诗是有力量的,就是在战场上,也是有力量的。这是战友的赠言,也是历史的留声。

就在两个月前,我们共同的朋友,相交几十年的诗友、军旅诗人李钧,也突然因病去世了。悲伤之余,我找出他20世纪70年代初,在天津人民出版社出版的诗集《军号声声》,重新默读上面的诗行,眼前便又出现他年轻时一身戎装的身影,在北京军区家属院,他那样热情地带着我去拜访魏巍同志,并张罗着拍合影照,如果他仍然像当年照片上那样微笑着该有多好……

2021 年 12 月 12 日

想起刘绍棠

刘绍棠高音亮嗓,纯京腔,运河味,见一次面就记住了。我就是从第一次相识,便把他的声音、相貌、谈吐,留在了记忆里,他是那种一见面就让人感觉是个性格爽快之人。我先知道了他的大名,而后才结识的本人,先入为主。都说他是个神童,还在上学期间,就在报刊发表小说了,在高中课堂上,老师讲解刘绍棠的作品《青枝绿叶》,作为学生(作者)的刘绍棠就坐在教室里,这会是一种什么样的心情? 我当时揣测,他会现出孩子样的腼腆吧,心里也会极享受这种氛围,课余时间会更加努力地写作,不断地给报纸副刊投寄作品。

刘绍棠将小说寄给《天津日报·文艺周刊》时,身份还是学生,编辑部特别关注了这位小作者,并未因为他还是个学生,就埋没了他的作品,而恰恰看重了他还是个在校生的身份,特别扶植了刘绍棠,将他的几千字的小说,完整地刊发出来,而且是一篇接一篇地发表,这对于一个尚在学习期间的学生少年,该会有着多么神奇的诱惑——文学的魅力。

这样的渊源,让刘绍棠记住了《天津日报》,记住了它的文学副刊,记住了主持副刊工作的孙犁先生。

我在"文艺周刊"做编辑时,是在1979年吧。1979年元月,《天津日报·文艺周刊》复刊,在经过"文革"之后,副刊的工作急需步入正轨,重回报社的李牧歌主编"文艺周刊",这是位经验丰富的老副刊,她有一系列的组稿方案,在重新恢复联系的老作者名单中,便列有刘绍棠的名字。凡是住在北京的,我们逐一都要去登门拜访,我初识刘绍棠,应该就是在20世纪80年代初,但是遗憾,那次去拜访却没有见到刘绍棠。

我依然记得那是在北京光明胡同45号,这是刘绍棠较早居住的一处庭院,至今记得的原因,是后来有了书信来往,便将地址记在了心里。那天,刘绍棠不巧有事外出了,是他的夫人曾彩美接待了我们,她跟李牧歌相熟,谈得很是亲热。她主动带着我们在院子里转了转,挨着房间看看格局,感觉女主人贤惠持家,将刘绍棠照顾得很好。

1980年秋天,孙犁"荷花淀派"研讨会在河北省石家庄召开,我和"文艺周刊"早期的老编辑邹明一同前往,他当年就曾编发过刘绍棠的小说。在那次研讨会上,我才算见到了刘绍棠。他体态壮实,气韵充足,戴着一副眼镜。他和邹明也很熟,每天晚饭后,我同邹明的双人房间里,都像是一次高朋满座的聚会,刘绍棠、从维熙、韩映山,还有鲍昌等人,都要在房间里聊天儿到很晚,那是回首以往,感慨颇多。

少年成才的刘绍棠,不会忘记《天津日报·文艺周刊》对他的培养,他是在这块园地里,犹如幼苗般快速成长、成名。这之后的岁月,经历了风风雨雨,世事难料,物是人非。正因为写作,让他经受了人生历程中最大的磨难,遍尝了人间的酸甜苦辣,但即便在落难之时,他也绝没有抱怨过文学。新时期伊始,他又继续执笔写作,不忘苗圃的辛勤扶植。譬如,那次在石家庄召开的孙犁"荷花淀派"研讨会,是在新时期之初,第一次也是唯一的一次全国性研讨会,尽管孙犁先生未能前去出席,但是与会的都是受到过孙犁作品影响的作家,刘绍棠作为其中的代表性作家,他积极、热情地与会,便说明他心怀坦诚,不忘师恩。那些年,他对我们的登门约稿、日后的书信往来,始终都是热情接待,有求必应。

1993年,在孙犁先生八十岁生日前夕,我给刘绍棠写了一封约稿信,想请他为孙犁寿辰写一篇文章。刘绍棠爽快地应

允了,并很快寄来了稿件。他还特意附信给我:

宋曙光同志:

遵嘱,寄上为孙犁同志八十寿辰而写的文章,望准时在他的生日那天发表。此文将收入我的新随笔集《红帽子随笔》。因无底稿,刊出后多给报,以便剪贴交出版社,并交我的文库存档。

见到孙犁同志,代我问安。

握手!

刘绍棠

1993年5月8日

这篇题为《喜寿》的文章,刊发在1993年5月27日的"文艺周刊"。刘绍棠用热情的笔墨,写到了他读孙犁作品的经历、受到的影响。从读孙犁小说开始,他拜识孙犁已经四十四年,见面却只有四次,直接交谈不过四十分钟,而且只留有文字之交,未存任何影像可作史证。但这并不重要,值此孙犁八十寿辰时,刘绍棠除了写文章贺寿,还敬赠恩师一册《古寿千幅》书法集,送上最深情的祝福。

同信,刘绍棠还寄给我若干张名片,上面除标有北京市人大常委会、北京市作家协会、中国文联、中国作协的身份外，还有北京市写作学会会长、通县文联名誉主席、大兴县委政府顾问等，这些任职占去了他多少时间、精力，他还要坚持写作，大量的文学作品源源不断地问世，他的身体终究是会承受不住的。这之前，刘绍棠已身染疾患，在文章中，他说自己已经"沦为老、弱、病、残具备一身的四类分子"，期望能"恢复行走能力健步如飞"，这多少让人有些担心。

这篇文章，孙犁显然是读到了，在同年9月19日致刘绍棠的信中，孙犁表达了自己的谢意："我生日期间，您赠送的《古寿千幅》一册，著作四种，均拜收领，十分感谢。您发表的文字，也都拜读。文章写得很好。"写这封复信时，为何是近四个月之后呢？因为那段时间，孙犁突然发病住院，手术后稍能动笔写字时，便回信给刘绍棠，并叮嘱他要劳逸结合，注意休息。

真是这样，刘绍棠的身体还是出了状况。有一位外地作者，在来稿中，信封里夹带有一张刘绍棠的近照，我看了心里一阵难受，原来那样一副健壮的体魄，如今怎么消瘦得如此厉害，看上去真是不容乐观。后来知道是患了肝腹水，折磨了他好多年。以往那种几乎整日伏案写作，以应付各地报刊约稿的劳累，即损害了身体，今后也是不再可能了。偶尔，我会翻到他的书信、稿件，都是手写的钢笔字，而且是一遍稿，那深深的笔画,遒劲有力,独此一家,备感岁月之无情。

1997年3月12日,刘绍棠因病去世。同辈作家从维熙,应我之约,于刘绍棠离世一周年之后,写了万字的长篇悼文《蒲柳雨凄凄——文祭绍棠西行一周年》,占了"文艺周刊"整整一块版面。缘于昔日的友谊,从维熙的文章以情感人,读罢泪落,算是尽了对这位同门师兄的敬悼之情。文章发表后,我遵照从维熙之嘱,给曾彩美寄去三份样报。此时,刘绍棠家早已搬到前门西大街了。也是在1997年年初,"文艺周刊"举办全国小小说征文,特约请刘绍棠题词,他应约题写了:"小小说,有大作为。"为此事,我已经来到过这个新址了。

1993年,刘绍棠寄赠给我一本《我的创作生涯》,其中有多篇文章提到孙犁对他写作的影响。在《我和报刊》一篇中,他这样写道:"1951年9月,我十五岁,在'文艺周刊'上发表了小说《完秋》……是孙犁同志的作品唤醒了我对生活的强烈美感和感受能力,打开了我的美学眼界,提高了我的审美观点,使我汲取到丰富的营养,找到适宜于自己的创作道路和创作方法。从1951年9月到1957年春,我在'文艺周刊'上发表了十万字以上的作品。50年代我出版的四本短篇小说集和两部中篇小说,相当一部分都曾在'文艺周刊'上发表过。"

他还深情地回忆:1952年,十八岁的房树民和十九岁的从维熙，同时在"文艺周刊"上发表了小说处女作，又过了一年，韩映山的作品也在"文艺周刊"上出现了。孙犁同志和"文艺周刊"，对我们四个人进行重点培养，集中发表我们的作品，使我们发奋上进，迅速成长。

这是一种什么样的深厚情感？他的两篇小说《摆渡口》和《大青骡子》，在"文艺周刊"上发表后，引起了读者关注，曾被《人民文学》杂志转载。这些动情的往事，包容着多少情分与爱护，时光无情却有情。孙犁在《刘绍棠小说选》序中，出于关心，还曾说过这样率直的话："一、不要再骄傲；二、不要赶浪头；三、要保持自己的风格。"面对老师风雨过后的直言，刘绍棠应该是听进去了。

1980年，在《从维熙小说选》的序言中，孙犁回忆说：1957年，他在北京住院养病期间，刘绍棠、从维熙、房树民曾带着鲜花前去探望，不知为何却未能如愿。如果当时能够看到那一束花，他是会很高兴的，一生寂寞，从来没有得到过别人送给他的一束花。

时隔四十二年之后的1999年春天，从维熙、房树民手捧鲜花和新出版的著作，来到天津医科大学总医院探视，这次他们终于走进病房，来到了恩师孙犁的身旁，送上了他们心中的祝福。当我领着他们伏在孙犁病床前，高声说出他们两位的名字时,孙犁的眼角溢出了泪滴,这个场景是否让他想起了四十二年前的那件往事？只是已经缺少了病逝多年的刘绍棠……

病房中的相见虽然短暂,但无私而又无价的师生之谊,早已凝固在了文字之中,交由岁月去重温与描摹,时光流经的往事之河,或许会淘洗掉一些碎屑,留存下来的终将是抹不掉的真情与感念。

2021 年 12 月 30 日

速恢复与老作家、老作者的联系，为重现"文艺周刊"昔日辉煌付出辛劳。那一时期，我们经常赴北京约稿，先后拜访过舒群、刘绍棠、萧军、黄树则等。那时，她已经接近六十岁，往返北京组稿，行路、吃住都极为辛苦。有一次，我们在北京从作者家出来晚了，不得不住进由防空洞改建的地下旅馆。李牧歌是在用自己的言行，用扎实、细心和勤勉的工作，在为年轻编辑做表率。

邹明也算是当年"文艺周刊"的创办者，如今重回报社，是为主编《文艺》双月刊，在编务上，他时常要去请示孙犁，后期成为孙犁先生的得力助手。1980年秋天，我们曾一同到石家庄参加孙犁"荷花淀派"研讨会，当他见到刘绍棠、从维熙、韩映山等人时，就如同劫后余生的亲兄弟相聚，似有说不完的知心话。1986年4月，我们又曾一起出差湖北武汉，他去拜访当年的老师、老作家骆文，我则去访问散文家碧野。

一张报纸文艺副刊的传承，一是要有底蕴丰厚的文化积淀，二是要靠园丁的辛勤耕耘。1983年5月5日，"文艺周刊"出刊一千期纪念，我和李牧歌到孙犁先生家中，拟定了两期的稿件，孙犁先生不仅亲自为华君武先生写了约稿信，还撰写了著名的《我和"文艺周刊"》。近二十年之后，2002年8月1日，"文艺周刊"出刊两千期纪念，此时，孙犁先生已于7月11日病逝,未能再看到两千期纪念。报纸副刊上的文字,记载的是一种岁月、一种情怀、一种缘分,李牧歌在离休前,我们曾经简单话别,她没有过多叮嘱或托付什么,但从她那依恋的眼神儿中,我能看出她所寄予的情怀。之后的多年间,我请她写一些回忆性文章,她非常高兴,陆续写了多篇往昔生活的散文,留下了她对这份事业和人生的留念。

邹明去世后,李牧歌的身体也出现状况,但就是在她生病住院期间,也一直没忘记托人给我捎信,说她在病床上,也仍在看"文周",从版面上看到我的努力,她感到欣慰。

这就是为什么我在副刊编辑工作中,不敢有丝毫的懈怠,我的面前常常浮现出前辈编辑的身影,我不能忘记他们,更不能愧对他们。我庆幸,在《天津日报》文艺副刊,我们有孙犁这面旗帜,有像邹明、李牧歌这样名副其实的编辑家。当我独自责编"文艺周刊"的时候,便按照他们的样子组稿、编稿、联系作者,田间、臧克家、叶君健、艾青、吕剑、刘白羽、魏巍、雷加、周汝昌等,这些著名诗人、作家的名字,便不断补充进我的约稿通讯录中。

我们曾到过冯骥才在思治里的旧宅,去过吴若增在天津人民美术出版社的编辑室,找到航鹰话剧团的排练厅,到过林希在小海地的单元,去市一机局看望肖克凡,四次到过鲁藜不同地址的家中,与尹学芸在蓟州九山顶做过一次创作方面的深谈,为许向诚的诗歌研讨会,专请蒋子龙主席出席并撰写诗评,为孙晓玲策划、刊发"记我的父亲孙犁"系列文章,竟然长达十年之久……这都是需要付出时间、精力和心血的编辑工作,需要有真诚的敬意和高度的敬畏,如果说有回报,那就是优质的版面和读者的赞誉。

　　时间如流水,但并非无情无义,它让文字留存下来,向后来者讲述生动的过往。新时期以来,相继在"文艺周刊"任过编辑的生寿凯、远山眉、董存章、张京平、郑玉河、孙秀华、葛瑞娥、高浣心等,都曾在这块园地里执犁躬耕、植苗栽花。我常对年轻的编辑同事说,一定要坚守好这方副刊阵地,这是我们的家业,倘若一旦失守,我们将愧对前辈报人,愧对读者对我们的厚望与期待。这番话也是我对自己说的,几十年来,我没有离开过这块园地,即使在有了行政职务、负责整个文化专副刊中心工作之后,也仍然没有脱离编辑一线,没要过独立办公室,始终与副刊编辑在一起办公。我至今记得,有一年,市记协评选优秀园丁奖,邹明、李牧歌同为获奖者,当上台领奖时,我看到邹明脸上焕发出难得一见的喜悦。从那时我就牢牢地记住,副刊编辑的名分,就永远只是一名园丁。

　　我在副刊稿件上付出的时间,超出了日常的八小时,个人创作的想法几乎全被每天的看稿冲消了,有时在晚上下班后,办公室清静下来,我会坐在电脑前,敲出早已在心中酝酿的诗句,那是心情稍静的瞬间,键盘的敲击声像极了诗行的节奏,让我在一天的劳作之后,感受到纯净的心泉的流淌。我写过三篇散文《报纸上的芳香》《心香弥久》和《难忘余香在手间》,这浸透着至深情感的"三香",写出了我对新闻事业的挚爱、对孙犁先生的崇敬、对编辑前辈的怀念。此外,还有三个最被我看重的奖项:中国新闻奖二等奖、天津市优秀新闻工作者称号和首届孙犁报纸副刊编辑奖。

2008年,作者当选第六届天津市优秀新闻工作者

　　在《天津日报》创刊七十周年之后,"文艺周刊"也将迎来七十周年纪念日,这将是一个非凡的历程,这是《天津日报》文艺副刊的荣耀! 在人事档案中,我的工作履历截止到2017年12月,倏忽之间,竟是四十二年过去了,在"文艺周刊"七十年的历史中,我为它工作了近四十年,这其中的感情和怀恋,外人真是难以理解。我的作家和作者朋友们,难忘旧谊,他们用真诚的文字、温暖的话语、朴实的赠言,表达他们心中的感激。特别是蒋子龙先生、林希先生,还有老诗人闵人,他们的真情其实是对党报的敬爱,对我们这份报纸所办文艺副刊的褒奖。

　　从1979年起,我就在"文艺周刊"做编辑,经历了一千期纪念、两千期纪念,在"文艺周刊"办刊史上,亲历了如此重要的两个时间节点。1982年秋天,我从天津师范学院新闻班脱产进修回来,报社领导朱其华同志拟调我去当记者,跟着王学孝同志去跑教育。从组织决定上讲,我应当服从,但从内心里,我还是想回到文艺部编副刊。李牧歌知道后,在找过已任编委的王干之同志后,她回来跟我说:你还是留在"文艺周刊"吧,这里需要人。二十八年之后的2010年,编辑部实行资源整合,成立五大中心,我又一次险些被调离,或曰整合出去。故此,在我四十二年的工作经历中,当年被调到文艺组是唯一的一次调动。这或许就是一种缘分,让我得以在心爱的文艺副刊一直耕耘下去。

前两年,在春节期间,我和副刊的同事去看望老领导王干之,这位今年已近九十七岁的老人,当时曾用亲切的口吻对我说:"曙光啊,你为'文艺周刊'的传承,做出了很大的贡献。"同四十年前一样,我将这句话仍然记在了心里。今天,我终于可以把它说出来,作为对当年那道试题的答卷。

2019年2月8日

情溢通讯录

从老报社带回的旧物中，除了成摞的书信外，还有两本作者通讯录：前一本是棕色封面，内页已经发黄、变脆，启用于20世纪70年代末；后一本是红色塑料封皮，纸张较好，也许是时间上稍后于前一本，所以保存还很完好。它们曾经就放在我的提包里，随我上班下班，工作时间常会摆在办公桌上，便于随时查阅。它们前后累计使用时间竟然长达惊人的三十八年，没有被污损过，也不曾丢失过，这可能是因为我对它们有着加倍的细心和爱护。

这两本通讯录上，总共记载有多少名作者？我没有做过统计，但却记得每写下一个姓名时那种愉悦的心情。在当年，不断扩大作者队伍，是年轻编辑业务成熟的标志之一。当开始使用第二本通讯录时，人们的联系方式已经发生改变，名片、传呼机、手机短信及微信等，使得通讯录的效用日渐减弱。但是这两本通讯录有着不平常的经历，它们伴随了我的整个工作历程，时间愈久显得愈珍贵，我不会也从没有舍弃它们，那上面留存的手迹，是我青春年华的见证，记录了我在一块文艺苗圃躬耕的起始与结束。

通讯录上的作者，大都是国内文坛的知名作家、诗人，也包括天津的作家朋友，更有业余作者和文学新秀，他们有的在当时已经成名，并且多是与《天津日报》文艺副刊早有渊源的老作家，有的则刚刚起步，成为重点培养的年轻作者。通讯录上的作家来自于多种渠道，有我主动写信联系来的，有委托其他作家辗转介绍的，还有早期请孙犁先生替我写约稿信联系的，可见当时建立起属于自己的作者队伍的辛苦与艰难。

那时通讯设备比较单一，除了写信、打电话，再就是登门拜访，能够拥有一本记录有众多名家的通讯录是何等重要。为了不断丰富名家队伍，我们需要经常走出去，副刊编辑不能在家守株待兔。北京是约稿的常去之地，那里名作家云集，我们一早乘火车进京，晚上返津，一天打一个来回。有时也会定点定人，专为到北京找某位作家取稿，如需住一两个晚上，就事先开一张单位介绍信，到了北京先去联系住宿，然后再去办事。常住的地方有两处，一处是坐落于北京王府井的《人民日报》招待所，那里四通八达，出入便利，关键是卫生、安全；再一处也是关系单位《北京日报》招待所，地点在北京东单二条，那里的交通也极为方便，是一座二层小楼，来去通达，后来听说也搬迁了。

每次出差约稿，不论哪个省市，通讯录都是必带的，以备不时之需，通讯录跟随我走南闯北，我不能让它们有一点闪失。比如去北京，如果只住宿一两个晚上，我是不轻易掏出重要物品的，钱财谈不上，主要还是工作用品，诸如记者证、介绍信等，通讯录当然也属于重要物品，用过之后立即放回书包，以免退房时被遗忘。就是在市内转乘公交车时，也是注意自己的随身之物。当年，编辑部曾为编辑们买过一种黑色的牛皮背包，出差时可以装书报和摄影器材，很是方便、时尚。

那时，每个副刊编辑都有一个类似的小本子，款式各异，上面都是记得密密麻麻的，我的通讯录里，从来不夹带任何东西，诸如字条、票证等，绝对保持整洁，也从没有临时需要记点什么，就从本子后面撕去一页，这样便保证了用时的方便。通讯录里的作家，有拜访过多次的，也有仅一面之缘的，还有就是从未谋过面的，然而这些都不重要，重要的是往往只需一个电话、一封信件，相互便建立起信任和默契，这当然是缘自《天津日报》文艺副刊的影响力,编辑只需起到桥梁作用,所有的感情和友情,全都包含在了稿件之中。

每次去北京,若是中午赶在了哪位作家的家里,都会被留下来吃饭,印象最深的是去老作家舒群家,根本就容不得你拒绝,虽然只是一碗面汤、一个烧饼,却让你感到万分热情与温暖。但是也仅此一例,在其他作家那里绝不能给人家添麻烦。有一次,约好了下午去拜访老诗人臧克家,我中午赶到北京之后,就在赵堂子胡同附近消磨时间,两点半之后才去摁响臧老家的门铃。

那些有过一面之缘的,如萧军、廖静文、黄树则、艾青等,都曾那样热情地接待过我们,听了我们的约稿请求,有的很快就写了稿来,有的则是留下亲切记忆,成为我们这块园地永久的回忆。还记得那次到北京,我是拿着孙犁先生联系好的地址,到车公庄大街老诗人吕剑家里去取写好的诗稿。当年曾和刘绍棠、从维熙一起,同是在《天津日报·文艺周刊》成长起来的房树民,在1979年"文艺周刊"元月复刊后,4月5日便发表了小说《养蜂人熊老雁》,这篇小说以首篇位置,编入《天津日报》创刊七十周年丛书"文艺周刊"精品选下册。房树民在见到样书后,复信给我:"'文艺周刊'精品选让我着迷,里面不少前辈和友人的身影浮现到我的面前,牵动着我水准,坚持以优质稿件赢得读者。作者通讯录恰好就从一个侧面,记录或曰印证了我们辉煌的副刊史,那上面不同时代的作家名字,连同副刊版面那不断累进的期刊数,积淀的正是党报文艺副刊的丰厚底蕴。

每当翻阅这两本通讯录,都会触动心中的波澜,几乎每一位作家都让我想起那熟悉的面容,这过往的几十年岁月,不仅使通讯录的纸张发生变化,而且那上面的名字也在不经意间有了不小的改变。随着时间的流逝,新的作家名字在逐渐增加的同时,一些老作家的名字也在悄然消失,那些曾经响亮、鲜活的名字,当年都曾反复地出现在《天津日报》文艺副刊上,为党报副刊园地增添文化蕴涵。

想当年,叶君健晚年时曾答应与夫人苑茵合作(画与文)为副刊写稿,后因病逝而留下遗憾;何为、贾植芳、徐开垒曾热情为"文艺周刊"的"散文园"撰稿;工人作家董迺相、阿凤、万国儒、张知行等,与副刊编辑的亲密无间;乡音淳厚的苗得雨、自费购买外文书籍的女翻译家王汶、为津味小说画了无数传神插图的季源业;还有早逝的马林、冯育楠、桂雨清、王筠……等等。特别是从今年伊始,新冠肺炎肆虐期间,我们熟悉而亲切的老朋友何申、刘章、杨润身、吴若增相继离去,让我深陷悲痛之中。他们的名字记载在我的通讯录里,有的已是近四十年了啊，仅仅用友谊两个字，怎么能表达出那至深的情感！

我翻动作者通讯录的手指，常常就会停顿下来，看着那些永远失去联系的名字，怅然若失。但是我的手指会继续掀动下去，不会用笔划去他们——没有，我没有划去过任何一位作家或是作者的姓名，就让他们的名字继续存活在我的记忆里，继续保持作者队伍原有的完整阵容，这是《天津日报》文艺副刊七十载历程的一部分，也是继郭小川、方纪、孙犁当年创刊后，与之一路结缘、相伴、不畏风雨的随行者，他们的名字和作品，将在《天津日报》文艺副刊的百花园中获得永生！

2020年4月15日

刊五十周年时,曾经编选过一册散文集《半个世纪的精彩》,凡已入选此书者原则上便不再选入,又考虑当年编选时受字数所限,有些篇章未能选入,故此次又做了新的补充、增选。此外,对"文艺周刊"名专栏"散文园"及作家生肖笔会专版的作品,此次选入篇什多有倾斜。

小说部分稍有难度,一是从未做过编选、出版工作,二是有些作品难免带有时代烙印。于是,小说作品是从1979年元月,"文艺周刊"复刊后开始挑选,但是数量仍然巨大,只好排列成三辑,分辑遴选。第一辑选入的作品不分题材,以质优作标准,不乏力作,包括梁斌文学奖获奖作品;第二辑以2003年开始刊发的"全国小说名家新作巡展"作品为主,这个专栏的作品连续刊登了将近十年,名家荟萃,佳作迭出;第三辑是津味小说专辑,由于作品数量过多,不得不从"津味小说联展""津味小说撷英""津味小说甲午年赛""津味小说丁酉年赛"等历次津味小说征稿活动的作品中,选拔更为突出者。

散文和小说的篇目终于开列出来了,只是字数均远远超出印刷底线,必须忍痛割爱。于是乎,又连续做了三次删除,直到删得手软,才渐渐趋近可容之量。这个夏天,外面骄阳似火,室内却是清凉润心,那些熟稔的文字,一篇篇地摊开在桌案上,深情地讲述着我们曾经共同的故事。每一篇作品,几乎都能勾起往事的回忆,有些小说的内容至今都深记于心,改过的题目、删去的文字、修改的情节,甚至见报的版式,都在眼前一一浮现。我们的作者朋友,年老的和年轻的,有名的与无名的,都团结、聚拢在我们周围,为了保证版面质量,需要不断地到他们的家中、单位、宾馆(闭门创作)去约稿……不知不觉间,十年、二十年、三十年过去了,编者与作者的情谊就是这样结成的。

是的,翻阅皇皇如巨著的"文艺周刊"合订本,仿佛战士重返疆场,农夫又回田园,重温昔日烟云,再嗅果蔬馨香,不禁万般滋味涌上心头。我怀念那些逝去的至爱前辈,想念并肩工作过的同仁,寄望现今仍在园圃的年轻耕者,牢记我们共有的执着与信念,继续用辛勤的汗水与心血,浇灌这块富有传统的副刊园地,孙犁先生永远是我们的旗帜和榜样,他的编辑思想、编辑作风,将作为我们永远的遵循。

在编选的散文集中,特别选入了《天津日报》两任前总编辑及

作者伏案看稿,中午也不休息(饭盒还摆在桌上)

一位编委的文章,他们均以第一手资料,讲述了孙犁的工作、生活及与病魔抗争的故事,内容真实可信,不论在当年还是今后,这些篇章都应是孙犁研究的重要成果。早在1997年,"文艺周刊"就刊发了作家陈冲的散文《大山的价值》,从多层面对病逝的作家贾大山给予了极高的评价。还有一些年轻作者的作品,都曾荣获过不同级别的奖项,以及被各地报刊转载,对他们的创作起到过激励作用,此次亦一并选入散文集中。

小说集内容丰富,可读性极强,值得一提的是第三辑津味小说,尽管字数所限,筛掉了一些作品,但整体优势仍然突出,显示出津籍作家致力于本土写作的巨大潜力。几十年来,《天津日报·文艺周刊》积极倡导并推助津味小说的创作与发展,不间断地举办津味小说征稿活动,我们在配发的编者按中,这样深情地说过:津味小说是在津沽大地孕育、成长起来的,天津的地是它的根,天津的人是它的魂,天津的故事是它繁茂的枝叶,天津的语言是它缤纷的色彩。

在纪念《天津日报·文艺周刊》创刊六十周年时,我们曾经编辑过一块纪念专版,组织刊发了几位知名作家的致贺文章。今年,在"文艺周刊"创刊七十周年之际,不仅在版面上开设了"我与'文艺周刊'"专栏,编发了十七篇纪念文章,而且编纂出版了这套具有特殊意义的纪念丛书,确是一件可喜可贺之事。

在当代中国报刊史上，副刊园地百花竞放、各领风骚，但《天津日报》文艺副刊能在创刊七十年之后，出版自己的精粹之选，竟多达百万字之巨，其创意、胆魄与作为，堪称中国报纸副刊界之壮举。

书稿校毕之时，恰逢立秋之日，付梓一定是在秋天吧。金色的、成熟的，硕果累累的金秋，请接受我们的祝福，并将这套纪念《天津日报》创刊70周年丛书，作为厚礼献给新中国成立七十周年华诞，敬献上我们用文字编织的五彩花束。

感谢天津社会科学院出版社的鼎力支持，感谢闫新平同志在资料调阅、查证等方面的辛苦付出，并向读者和作家朋友们致以敬意！

2019年8月8日　立秋之日

附　录

曙光——清亮而温暖

蒋子龙

　　宋曙光先生在电话中说，他要退休了。一时间我竟没有反应过来，熟识的人常有退休的，在正常的社会环境中是再自然不过的事情，甚至几年前，连我自己退休也没有过多的走心。当我意识到曙光退休的意味，心里泛起一种惋惜与愕然杂陈的感绪，我总觉得他还很年轻，长身白面，修洁温雅，怎么晃眼就年过花甲了？他退休之后天津最大的这家报纸的文艺副刊，会保持原来的风貌，还是将有所变化？

　　这要唠叨几句旧话。1979年7月，我发表了短篇小说《乔厂长上任记》，不久，《天津日报》突然连续发表整版的长文批判这篇小说，第一轮轰炸用了十几块版，从而挑起天津文艺界的"派性"，并一直延续了许多年，到1984年天津召开"文代会",强调"不得以乔厂长划线",我成了派性的牺牲品,人却在派性之外。我在地处郊外的工厂里,经历了八九年的"监督劳动"后,落实政策当上车间副主任,日子已经好过多了。文艺界无论批判我和同情我的人,我一概不认识,只在心里窝着一点火,报纸上每发表一篇批判我的文章,当夜我必拉出一个短篇小说的初稿,到歇班的日子再誊清寄出。你批你的,我写我的,幸好"文革"表面上已结束,那些批判文章无法将我一棍子打死,但报纸上不发表任何支持"乔厂长"或跟我有关的文章。直到有一天,我接到宋曙光的电话,这种"封杀"才被打破。

大约是1985年的春天,电话那头的声音很年轻,自报家门是《天津日报·文艺周刊》的编辑,打电话是想跟我建立联系并约稿。我跟他说,我好像是上了贵报黑名单的,你是奉命向我组稿,还是纯属个人意向?他说没有任何人告诉他不能向我约稿,我是天津作家,《天津日报》的"文艺周刊"需要天津作家的全力支持,约不到我的稿子,是他这个副刊编辑失职。不管这个电话和交谈背后,还有没有其他故事,他的盛意不能拂,便决定给他写篇稿子试试,并叮嘱他,稿子可以给你,用不用没关系,反正你不用还别的地方用,有个分寸要你自己把握,不要因为发表我的作品,影响你在报社的生存环境和前程。

题材敏感,几家出版社都认为是好小说,却一时又都不敢出版。经宋曙光建议,作者将《天时》压缩后在《天津日报》上连载,反响强烈,不仅没有惹出麻烦,反而赢得了很好的口碑,出版社又来抢这部书稿。

像宋曙光这样一个气度温润的人,在扶持作者创作上却又如此热情执着、甘于奉献、勇于担责,难怪"文艺周刊"能集结了各种风格、各种文体的作家,实现了莫里哀的宣言:"文学,就应该是文体的共和政体。"宋曙光是《天津日报·文艺周刊》任职时间最长的一任责编,即使是在他主持整个文艺副刊工作之后,也没有脱离编辑一线,许多作家视他为诚恳可靠的朋友,而诚恳、真情是现代人能保持的最高尚的品行。优秀报纸副刊编辑的名声,更是团结和滋养作家心灵的活力,于是营造出一种浑厚深远的文艺副刊景象,其中的《天津日报·文艺周刊》,成为广受作家和读者尊重的"文学高地"。这种丰厚的文艺副刊底蕴,倘若能够得到延续和传承,那将是天津的文学创作者之大幸。

在近四十年的时间里,宋曙光似乎是在有意无意地遵循着一种古训:第一步先"养地",让"文艺周刊"成为真正创作阵地,有"地"才能养人;第二步养气,养纯文学的正气,养君子之风,不搞歪门邪道;第三步养文,有了阵地,有了作家,才有文学的繁荣。

曙光——清亮温暖的铮铮君子。多年来得到他帮助,在他退休之际,由衷地道一声:"谢谢!"

2018年元月10日

采得百花成蜜时

林 希

　　采得百花成蜜，是对劳动的赞美。蜜蜂终生辛劳采酿，勤勤恳恳、默默无私，采花成蜜是天职，采花成蜜是其生命的最高使命。

　　前些时，在《天津日报·文艺周刊》上，看到蒋子龙先生惋惜宋曙光先生退休的文章，深感岁月无情，那位被文艺界朋友亲切称为"小宋"的曙光先生，不觉间，竟也无声地终结了他辛劳的青春岁月，落到我们这群"无所事事""老家伙"们的行列中来了。

　　只是"小宋"不会老，谁能想象那样一位朝气蓬勃、兢兢业业的小伙子，会离开他心爱的岗位呢？谁舍得让那样一位忠厚待人、真诚团结了全国众多作家，更热心帮助基层文学爱好者的党报文艺副刊老编辑离开自己的岗位呢!

大家常说,一般人离开工作多年的岗位,都有一种失落感,曙光先生离开副刊编辑岗位时有没有失落感,我不得而知,我倒是觉得正是许多作家、文学爱好者,至少是我,因曙光的退休而倍感失落。这真是难得的情感境界,一个人在事业上的奉献,使众人的追求有了成就感,这就是无私,这就是奉献。

大家都说《天津日报》文艺副刊的坚持和发展业绩,在全国省市级党报中独树一帜,一份报纸的副刊版面,从第一天创刊便诞生,能够七十年伴随报纸一起长成,一起经历风风雨雨,其中为这一事业辛勤耕耘、无私奉献的历任编辑,该付出怎样的辛劳,绝对是一部书写不尽的历史。

《天津日报》的文艺副刊底蕴丰厚。由郭小川、方纪、孙犁等老一辈文学大家创办的"文艺周刊",办刊近七十年来不改刊名,办得风生水起,在国内报纸副刊界享有崇高的声誉,不仅发表了国内许多重要作家的作品,更培养了一代代后来在文学事业上建树了不凡成就的著名作家,办成了代表中国文学事业最高水准的副刊阵地。

曾经,人们担心在孙犁等老一辈作家编辑离开报纸之后,《天津日报》的文艺副刊版面会不会衰微。可喜的是,亲历过孙犁等老一代作家编辑培养和影响的一代代年轻编辑,继承了老一代作家编辑们的优良品德,《天津日报》的文艺副刊不仅没有衰微,反而越办越好,越办越受到广大读者的赞赏,越来越得到作家们的支持。直到今天,"文艺周刊"已经出版了两千六百多期,"满庭芳"出版四千四百多期,这在中国报刊史上已经绝对是一桩奇迹了。

就是在《天津日报》一代代报纸副刊编辑当中,工作着一位充满青春活力,更是埋头苦干了近四十年的宋曙光先生。

正当青春年华的宋曙光来到《天津日报》文艺部工作的时候,大家都亲切地唤他小宋。小宋待人非常和气,用一个现代词汇是具有亲和力,老作家面前,小宋自然是一位后学,正因为对老作家们的尊敬,"小宋"很快结识了一大批老作家,许多著名作家有了适于在报纸上发表的文章,首先想到的就是《天津日报》。每当报刊有什么需要的时候,"小宋"一个电话,老作家很快就把文章寄过来。正是青年编辑对老作家的尊重,才换取到老作家们对报纸副刊的支持与合作。

各种原因,我和宋曙光先生接触较晚,直到1980年夏季,《天津日报·文艺周刊》才发表我复出后的第一篇诗歌作品。此时,我的"问题"还没有彻底解决,一般报纸杂志还不知道如何对待如我一类人的"问题",宋曙光先生勇于担当,他有自己的选稿标准,对新时期政治生活有坚定自信,如此他才敢于当众人先、帮助我先期回到文学创作中来,并向社会发出信号,一个消失了二十多年的文学青年,并没有泯灭他的文学追求。

由于《天津日报·文艺周刊》率先发出了我重新恢复写作的信息,各地报刊相继和我联系,再到1980年冬天,我的"问题"才得到彻底"解决",我在诗歌园地已经有了一些影响。对此,宋曙光先生对我的帮助起到了重要作用。

宋曙光先生有难得的职业修养,从来不介入文艺界的是是非非,文艺界历来风风雨雨,一些固有观念致使文艺创作在新的历史时期举步维艰。《天津日报》文艺副刊从来没有陷入过是非漩涡,在这方面,《天津日报》领导把握了正确的办报方向,而像宋曙光这样的副刊编辑的公允作风,也起到了关键作用。

《天津日报》文艺副刊不仅和老作家们建立了牢固的友谊,更为帮助和培养青年文学爱好者做出了重要贡献。有些青年文学爱好者刚开始学习写作,就动手写长篇小说,动辄三四十万言,写好后不敢投寄出版社,知道《天津日报》副刊编辑热心培养青年作者,一个邮件,几十万字的长篇小说就发过去了。

事实上,一般报纸的文艺副刊是不接受此类稿件的,即使你发过去,编辑也没有时间看,能给你发个"本报不拟刊用"的回复就算很有礼貌了。也只有《天津日报》文艺副刊的编辑们,无论谁发来的稿件,也无论篇幅有多少字,他们都极是认真地审读,不够发表水平,他们指出不足之处,不成熟,他们会给你提出修改意见。时常和我联系的几位青年作者,都对我说起《天津日报》编辑帮助他们修改作品的动人故事,一位作者说着说着,竟然涌出了泪珠,连连说,自己可遇到好人了,不是这些编辑帮助,"我的小说,哪里要呀"。

业余作者开始写作,能够得到文学编辑们的耐心帮助,是一桩非常幸运的事,《天津日报》文艺副刊为他们提供了机会,除了日常的副刊之外,报纸还开辟了长篇连载栏目,每天同时推出三部作品,天津的小说作者多有在《天津日报》连载长篇小说的机会,更有多位作者的连载作品,于连载的同时引起出版社注意,连载还没有结束,就已经被出版社接受、签订了出版合同。

天津作家热衷于本土写作,多年时间内推出了一大批有品位、有影响的作品,被文学界推崇为"津味小说"。可喜的是,津味小说从一出现,就受到了《天津日报》文艺副刊的关注和支持,《天津日报》文艺副刊曾多次举办过津味小说征稿活动,并组织有作家、文学评论家参与的研讨会及刊发评论文章,对津味小说的理论界定和发展方向,提出了中肯的建议,起到了积极的推助作用,促使一大批文学爱好者把文学视野专注于本土写作,先后推出一大批优秀作品,更发现了一大批有潜力的作者,扩大了津味小说的影响,培养了文学创作上的津军队列。

不容忽视,编辑工作之余,宋曙光还钟情于诗歌创作,情之所至,默默从事诗歌创作,已经出版两部诗集。我读到过宋曙光许多诗歌作品,还参加过他的诗歌研讨会,他的诗风细腻、舒畅。我想如果宋曙光能够有更多的时间,他一定能够写出更多的诗歌作品,为诗歌艺术的繁荣做出自己的贡献。

宋曙光离开了编辑工作岗位,忧乎、喜乎?

忧的是《天津日报》文艺副刊离开了一位默默耕耘的编辑,留在岗位上的年轻人必定要承担巨大的工作压力,我们想,由孙犁等老一代作家编辑奠基的《天津日报》文艺副刊,一定会继承前辈编辑们的精神理想,兢兢业业将副刊版面办得更好,他们之中也必将涌现新一代优秀的作家编辑。

喜乎,宋曙光先生终于解脱了繁重的编辑事务,他可以有更多的时间读书、写作。生活也应该对一位默默奉献了全部青春年华的编辑给予应得的回报,六十岁的年纪,正当青春好年代,我自己就是六十岁开始自得其乐,如今八十多岁,依然尚有余光余热。宋曙光先生比我有更丰富的工作经历，且幸遇国泰民安好时光，我期待宋曙光先生新的成就和新的辉煌。

2018 年 5 月 2 日

后　记

回想编书的过程,其实是缘于一份真诚的情怀在里面。

1949年,随着天津解放的炮火,孙犁进城参与创办中共天津市委机关报《天津日报》。1月17日,《天津日报》创刊,3月24日,他与郭小川、方纪等,共同创办了"文艺周刊"。自此,孙犁与《天津日报》同行了五十三年,他培育知名作家,奋笔耕堂,著述传世,全情注入,竭尽心血。孙犁是党的文学事业、新闻事业的骄傲,是我们这座城市和我们这张报纸的荣耀。

1975年10月,我到《天津日报》工作后,便知道了孙犁的名字,开始读他的作品。1977年元月2日,第一次见到了孙犁,并在他创办的"文艺周刊"学做编辑,带我学徒的便是与孙犁同时代的老报人李牧歌。那个时期,我将在孙犁前辈那里

"自学"到的东西,从李牧歌身上得到了验证,她带着我约稿、改稿,走访作者,教我怎样做一名好的副刊编辑。直到他们相继辞世,我才敢正视自己已经出师,我最需要做的,就是如何继承所学到的"真传",将前辈们在党报副刊园地的毕生奉献,发扬光大。怀着这样的心志,我埋首在这块富有丰厚文化底蕴的园圃,扶植年轻作者,结交作家朋友,刊发优秀作品,弘扬党报文艺副刊的优良传统和作风。

往事总关情。从我参加工作至退休后的今天,倏忽四十七年过去了。回想起来,我在"文艺周刊"工作了将近四十年,这个资历,今后的年轻编辑们是不会再有了。可以想见,这样的报纸副刊编辑工作履历,对于我的人生意味着什么?最好的青春年华奉献给了这张报纸的文艺副刊,而我又是如此热爱这份工作,所有的心血全部浇洒在园地里,像孙犁等前辈园丁那样辛勤耕耘,蓦然回首,竟已是几十年过去了。

但是,我没有忘记那段岁月,它带给我无尽的回忆,稿件、版面、作者与读者,每天沉浸其间,我延续的是一张报纸的文脉与传承,我必须无愧于这种神圣的职责,我的前面站着以孙犁为代表的众多编辑前辈,他们留下的脚印就是我成长的引领。如今,我想把那段光荣的岁月记载下来,把给予我教诲和恩泽的前辈记载下来,把"文艺周刊"七十载的薪火传接下去……这就是我编辑这本书的心愿的缘起,以及实现这个心愿的非凡意义。

我在"我与孙犁"丛书总序里已经提到,在孙犁去世后的每年忌日,《天津日报》文艺副刊总是要集中刊发纪念文章,这种看似不成文的规定,其实是源于一种很深的感情因素,报社历届的主要领导,深知孙犁对报纸副刊的深远影响,从不吝惜版面并全力支持、放手文艺副刊工作。每当这个时间点,在组稿的同时,我自己也会写些怀念性文章,涉及"文艺周刊"的方方面面,日积月累,竟也积攒了有几万字。我之所以想在孙犁先生逝世二十周年之际,做一点事情,或者说实现自己的一个心愿,这些心血之作便是我的底气。终于能够将孙犁对"文艺周刊"一生的心血倾注,写在了这本书中,留住了那一段岁月情缘,我颇感欣慰。

现在,我把它们逐一检索出来,加以整理、归类、排序,遂成一本小书。在编完目录之后,特作如下说明:

我的《忆前辈孙犁》一书,是将近些年所写的有关孙犁先生、怀念多位作家、回顾几十年副刊编辑工作的文章等,集纳在了一起,大约有七万多字吧。这些文章,无一不与孙犁有关,写"文艺周刊",写作家与"文艺周刊"的交往,其实就是在写孙犁,写孙犁之后的"文艺周刊",如何继续坚持既定的办刊方针,栽花植木、芳香满园。

已逾七十年办刊历史的"文艺周刊",一直是全国省市级党报副刊中的佼佼者,品牌影响力越来越强,就是因为我们拥有孙犁。前些年,曾有研究者想专门查阅"文艺周刊"版面情况,从中挖掘与孙犁相关的资料,终因卷帙浩繁、年代久远而无果,使得这方面的文字多年阙如。现今,这些回忆"文艺周刊"的文章,成为绝无仅有的宝贵文史,被我作为向孙犁前辈汇报的编辑实绩,是后继者用心血和汗水交出的答卷。

书中的每一篇文字,都有其特殊含义和背后故事。比如,《报纸上的芳香》《心香弥久》《难忘余香在手间——回忆李牧歌》三篇,被我称之为"三香",它们内含我对孙犁怀有的一份情感,写出了我对报纸副刊工作的无比热爱、对编辑工作的全身心付出、对前辈园丁的最深切缅怀。这些文章,刊发后有的还获得了市级的新闻奖项。

为使书的内容更为丰富、厚重,我还新补写了《舒群印象》《怀念魏巍》《想起刘绍棠》三篇文章,它们皆是对孙犁最好的缅怀。这原是我计划中的长篇散文《通讯录上的逝者》中的篇目,在《文艺报》《天津文学》相继刊发后,孙犁老家安平县文联的文学刊物,也将全文转发,可见这三篇作品的影响,现在也将其一并收入。书中还特别增加了附录部分,选入了蒋子龙先生的《曙光——清亮而温暖》和林希先生的《采得百花成蜜时》两篇文章,这是对我几十年报纸副刊编辑工作的褒奖,更是对《天津日报·文艺周刊》所寄予的深切希望。

不要轻看这些编入书中的文字,无论是我当初写作,还是现在重新校读它们,都难以抑制地动了感情,读一遍就流一次泪,像是又经历了一次感情之旅,情感的涟漪将我带回到十年、二十年、三十年前……因为当年就是付出了真情实感,现在重温旧情、旧文、旧事,如何能无动于衷!

书中所选用的照片、书影等,属于我极为珍爱的私藏,具有与文字同等的分量。为了有助于阅读,我把它们一一精心挑选出来,也放进了书中。

选用《忆前辈孙犁》一篇作书名,因为这是我写孙犁最早的一篇文章,是心灵之泉最初的涌动。文章发表后,除了荣获天津市新闻奖,还相继被收入《中国著名编辑出版家研究资料汇辑》《党建与组织人才工作全书》和百花文艺出版社出版的纪念文集《百年孙犁》等。

感谢我的几位作家朋友,在我们为这套书籍紧张忙碌的日子里,每一次联络或沟通,都是一次真情而信任的交流,大家都在为一个相同的目标而努力。作为策划者和联系人,当我把他们最后的定稿交付给出版社的时候,我悬浮日久的心才终于放下,且预想到这一定是一套好书、大书,五本书的作者通过多视角、多层面、多维度写出的孙犁,给人留下深刻印象,为孙犁的影响依然深入人心,提供了确信而翔实的文本。特别需要强调的是,这套书在资料的真实性、写作的严肃性、内容的可读性等方面,均体现出较高的研究价值和学术含量。

多年前,曾经的孙犁研究会阵容强大,硕果累累,原因就在于这个研究会由天津日报社主管,是全国孙犁研究的中心和策源地。如今,天津人民出版社编辑出版的这套"我与孙犁"丛书,用实例证明,天津仍是孙犁研究的重镇,而且这一丰硕的研究成果,无疑继承了当年孙犁研究会的传统,或曰研究方向,凭借作家掌握的宝贵的第一手资料,结合身份、资历、认知,写出了他们各自眼中的孙犁、有情有义的孙犁、永远读不尽的孙犁。

在此,我和我的作家朋友们一样,由衷地感谢天津人民出版社,为了出好这套丛书,他们付出了前所未有的热忱与真情,对于他们的辛勤劳作,作为写作者,我们深受感动与感佩。这虽只是一次机缘把握,体现出的却是出版者的气度与格局,每一部新作品的问世,都会使图书市场和读者,充满热情的期待,只要作者和出版社结为共同体,所有的努力都将得到丰厚的回报。

我确信。

2021年12月17日完成

2022年6月2日定稿